Ralf Weißkamp

Benjamins fantastische Reise

**Ein märchenhafter Flug
in die Welt der Bücher**

Ralf Weißkamp

Benjamins

fantastische Reise

**Ein märchenhafter Flug
in die Welt der Bücher**

Impressum

Bibliografische Information der Deutschen Nationalbibliothek:
Die Deutsche Nationalbibliothek verzeichnet diese Publikation in der Deutschen Nationalbibliografie; detaillierte bibliografische Daten sind im Internet über http://dnb.dnb.de abrufbar.

Die automatisierte Analyse des Werkes, um daraus Informationen insbesondere über Muster, Trends und Korrelationen gemäß §44b UrhG („Text und Data Mining") zu gewinnen, ist untersagt.

Lektorat: Sabine Hinterberger
Foto und Gestaltung: Lenne Agentur

Verlag: BoD · Books on Demand GmbH,
In de Tarpen 42, 22848 Norderstedt

ISBN: 978-3-7693-0969-0

Druck: Libri Plureos GmbH, Friedensallee 273, 22763 Hamburg

Für Emmi Haase

Benjamins wundersame Reise begann mit seinem Tod. Er sah, wie seine Urne in den kalten Boden glitt und hörte das Schluchzen seiner Eltern und seiner älteren Schwester, Tanja. *Sie brauchen doch gar nicht weinen*, dachte Benjamin, als er zum blauen Himmel aufstieg, *ich komme doch bald wieder*. Aber jetzt wollte er endlich die funkelnden Sterne kennenlernen, von denen ihm seine Mutter abends im Bett oft vorgelesen hatte.

Als erstes flog er zum Mond. Den hatte er schon so oft durch das Fenster seines Kinderzimmers gesehen, da wollte er schon lange mal hin. Außerdem war es nicht so weit. Einmal mit der Seele flattern, ruck, zuck, war Benjamin beim Mond, umflog ihn einmal und besah sich die Oberfläche. Aber hier war nichts los, grau und öde. Kein Mann im Mond und kein Peterchen. Nur ein altes Auto und eine Flagge, die nicht flatterte. Sonst nichts. Benjamin hatte keine Lust, seine Zeit hier zu vertrödeln und flog weiter zum Mars. Seine Mutter hatte ihm erzählt, der sei so rötlich, weil er aus Karamell bestehe. Und deshalb landete Benjamin ganz, ganz vorsichtig, damit er nicht in der süßen Masse versank. Aber es staubte, als er seinen Fuß aufsetzte. Kein Karamell, kein Zucker, nur

Staub und Sand und jede Menge Felsen. Dann hörte er ein leises Geräusch, ein Surren. Es kam von links und gleichzeitig von rechts, aber Benjamin sah nichts. Er erschrak heftig, als etwas an seine Füße stieß. Es waren zwei kleine Autos, mit vielen Rädern und Antennen. „Wer seid ihr beiden, was macht ihr denn auf dem Mars?"

„Och, wir sind schon eine ganze Weile hier", sagte der rechte, „wir sind Vagabunden. Ich bin der Kuriose", strahlte er. „Und ich die Gelegenheit", freute sich der andere.

„Die Gelegenheit? Was für eine Gelegenheit denn?", wunderte sich Benjamin.

„Na, die Gelegenheit, hier alles zu entdecken. Wir erforschen den Mars und schicken all unser Wissen an die Erde."

„Kommt ihr denn auch irgendwann zurück?"

„Nö, wir bleiben hier", grinsten die beiden.

„Da unten hätten wir als Mars-Rückkehrer sowieso keine ruhige Minute mehr. Aber hier können wir den ganzen Tag fahren, wohin wir wollen und im Dreck wühlen. Bleibst du auch hier?"

„Nein, ich will mir noch das ganze Universum ansehen", strahlte Benjamin, „und deshalb muss ich jetzt weiter. Macht's gut, ihr beiden!"

Dann stieß er sich ab und nahm Kurs auf das All. Er wollte zum Saturn. Wenn er auf dem Mars schon kein Karamell bekommen hatte, wollte er wenigstens dort etwas naschen. Die Ringe des Saturn sind aus Eis, hatte seine Mutter gesagt.

Welche Richtung er zum Saturn fliegen musste, wusste er nicht. Aber das war auch völlig egal, weil es im All so dunkel war, dass er sowieso nichts sehen konnte. Irgendwann würden die Ringe schon auftauchen.

Benjamin flog hinaus ins Schwarze, zwischen den Millionen und Milliarden Sternen hindurch. Und weil es so unglaublich viele waren, war es auch gar nicht mehr so dunkel, die Sterne funkelten und glitzerten um die Wette. Ab und zu zischten kleine Gesteinsbrocken an ihm vorbei. Benjamin kam aus dem Staunen gar nicht mehr heraus. Zwei unglaublich helle Punkte vor ihm stachen durch ihr gleißendes Licht von den anderen Sternen hervor, und es schien Benjamin, als würden sie sehr schnell näherkommen. Flog er wirklich wie ein Blitz auf sie zu? Oder bewegten sie sich auch zu ihm hin, nur noch viel schneller als er? Benjamin hielt auf die beiden Punkte zu, und es war ihm, als wären diese Punkte ein paar unbeschreiblich helle Augen, die ihn ansahen und immer näherkamen. Benjamin konnte seinen Blick nicht von ihnen lassen, sie zogen ihn magisch an, es war, als müsste er sie treffen, in sie eintauchen, in diese beiden hellen und gleißenden Augen. Benjamin und die Augen kamen sich immer näher, mit einer unglaublichen Geschwindigkeit, so schnell, dass die Sterne links und rechts von ihm wie weiße langgezogene Streifen aussahen.

„Ja, bald ist es so weit", freute sich Benjamin auf den Moment, in dem er mit den beiden Augen zusammenprallen und in ihnen aufgehen würde. Dann wäre er für alle Zukunft ein Teil des Lichts, dieser Augen, die für immer durchs Weltall rasen würden, ohne Ende und ohne Zeit. Gleich, in nur wenigen Sekunden würde es so weit sein, die Augen waren schon so groß vor Benjamin, dass er außer diesem hellem, diesem weißen Licht nichts anderes mehr sehen konnte, keine Sterne, keine Dunkelheit, nichts, gar nichts. Und jetzt, in diesem Moment würde er endlich Teil dieses Lichtes werden. Benjamin schloss die Augen und lächelte. Er würde für immer Frieden spüren.

Plötzlich riss ihn eine Faust am Kragen nach oben in das dunkle Universum.

„Bist du bescheuert? Was machst du da?"

Völlig benommen sah sich Benjamin nach der Stimme um. Da war kein Licht mehr, nur noch tiefschwarze Dunkelheit, Benjamin wusste überhaupt nicht, wo er war. Und schon gar nicht, wer da mit ihm sprach. Er drehte die Augen nach oben und sah in die Finsternis.

„Das hätte schiefgehen können, du Idiot! Hast du sie nicht mehr alle?!"

Benjamin schaute in Richtung der Stimme. Er sah aber nichts, seine Augen waren noch von dem gleißenden Licht geblendet.

„Wer bist du, und warum hast du das getan?", fragte er unsicher in die Dunkelheit. „Ich habe mich doch so auf das Licht gefreut."

„Klar, die Masche zieht immer, das haben die beiden drauf. Ach, und übrigens könntest du dich mal bei mir bedanken, falls du im Moment so gar nichts anderes vorhast. Ich hab' nämlich gerade dein Leben gerettet, junger Freund."

„Mein Leben gerettet? Ich bin doch vor kurzem erst gestorben. Außerdem wäre ich doch auf alle Ewigkeit in dem Licht durchs Universum gejagt."

„Ich sag's ja, das haben die beiden drauf. Junge, was du da eben für die Ewigkeit gehalten hast, war ein Hypnotischer Zwillingskomet, und zwar der übelste seiner Gattung. Der hätte dich geschluckt, kurz zu Sternenstaub verdaut und das war's! Nix mit Ewigkeit und dem ganzen Käse."

Benjamin war völlig verwirrt. Aber seine Augen hatten sich wieder an das Dunkel des Universums gewöhnt. Er blinzelte und schüttelte den Kopf. Denn über sich sah er seinen Teddy, den er so geliebt hatte, mit braunem Fell, einem runden dicken Bauch, zwei Pfoten und zwei Tatzen, einer dicken Nase, zwei puscheligen Ohren und einem ungeheuer lieben Grinsen unter der dicken Bärennase. Benjamin strahlte über beide Backen.

„Teddy, wie kommst du denn hierher, mitten ins Weltall?", freute er sich.

„Äh, ich glaube, ich muss dir was erklären", brummte der Teddy und blickte verlegen nach unten. „Ich bin nicht wirklich dein Teddy, ich meine, ich sehe nur so aus. Weißt du, hier oben schwirren eine ganze Menge Seelen und Wesen herum, und ich sehe immer so aus, wie sie mich sehen möchten, verstehst du? Also, für dich, in deinem Alter, bin ich dein Teddy, okay?"

Benjamin überlegte und nickte. „Also, wenn ich älter wäre, so etwa zwanzig Jahre alt, dann sähst du nicht mehr aus wie mein Teddy?"

„Nein, dann sähe ich wahrscheinlich aus wie eine dralle Blondine, mit langen Haaren, herrlich geschwungenen Hüften und zwei großen prallen ... Es sei denn", räusperte er sich, „du würdest dich nicht für Frauen interessieren, dann sähe ich aus wie – ach lassen wir das", sagte er und machte mit seiner großen Pfote eine wegwerfende Geste.

Benjamin überlegte kurz. „Und wenn ich ein richtig alter Mann wäre, so wie mein Vater, der ist bestimmt schon Vierzig, wie sähest du dann aus?"

Der Teddy seufzte und verdrehte die Augen. „Dann sähe ich wahrscheinlich aus wie, wie... ein knallroter Ferrari", lachte er, „oder wieder wie eine dralle Blondine oder wie eine kalte Flasche Bier mit einer Frikadelle oder wie..."

„Ist gut, ich habe verstanden", unterbrach ihn Benjamin nachdenklich. „Aber wer bist du denn tatsächlich, wenn du nicht gerade wie mein Teddy oder wie eine Frikadelle aussiehst?"

„Ach, eigentlich niemand, weißt du", lächelte er unsicher, „ich passe hier nur etwas auf, zum Beispiel auf Leute, die einen Hypnotischen Zwillingskometen für die Ewigkeit halten, verstehst du?", sagte er und zwinkerte Benjamin mit einem seiner Knopfaugen lächelnd zu.

„Verstehe", sagte Benjamin, „so eine Art galaktischer Hausmeister."

Der große Teddy zog tief die Luft ein und war sichtlich verärgert. „Kann man so sagen. Muss man aber nicht."

„Sei nicht sauer, Teddy. Was gibt es denn hier oben sonst noch außer Milliarden Sternen und Hypnotische Zwillingskometen? Und Schrott auf dem Mond?"

„Oh, hier oben ist jede Menge los, und was es so gibt, hängt davon ab, wo du hinwillst", lächelte der Bär. „Was war denn dein nächstes Ziel?"

„Der Saturn, ich wollte zum Saturn, weil da die Ringe aus ..."

„...Eis sind", unterbrach ihn sein Teddy seufzend, „ich kenne diese Geschichte, immer derselbe Käse. Nein, die Ringe sind nicht aus Eis, sie sind aus Staub, Steinen, Kometenresten und, ja gut, auch etwas Eis, aber das Zeug schmeckt wie hunderttausende Jahre alte gefrorene Kamelpisse. Oh, entschuldige, mein junger Freund", wand sich der Bär verlegen, „ist mir nur so rausgerutscht. Und das Einzige, was dich dort tatsächlich erwartet, sind die Saturnischen Ringratten, fiese, übelriechende Gesellen, muss man nicht kennen. Die ernähren sich von den Eisbrocken. Und von Reisenden, falls zufällig jemand vorbeikommt."

Benjamin ließ enttäuscht den Kopf hängen. „Ich hatte mich doch so aufs Universum gefreut, ich wollte doch so viel sehen und so viel Spaß haben."

Der Bär kam näher zu ihm und streichelte ihn mit seiner plüschigen Pfote über die Haare, die im Licht der Sterne schimmerten.

„Das sollst du auch, mein junger Freund, ganz bestimmt", murmelte er. „Du kommst mit mir, und ich zeige dir einige Ecken im Universum, die kennt auf der Erde keine S..., äh, kein Mensch!"

Benjamin hob den Kopf und strahlte seinen Teddy an. „Wirklich, das würdest du machen? Mich mitnehmen und mir alles zeigen?"

„Klar, sage ich doch", lachte der, „du wirst die unglaublichsten Lebewesen kennenlernen, Mondmedusen, Kardiasische Krebskraken,

Narkotische Nekrolwürmer, Andromedianische Anallurche, Spielende Spelunkenschnaken …"

„Und Sterne? Werde ich auch unglaubliche Sterne sehen?" Benjamin tänzelte von einem Bein aufs andere, so gut man das im Weltall kann.

„Natürlich, Benjamin, ich werde dir Sterne zeigen, die nie zuvor ein Mensch gesehen hat", lächelte ihn sein Teddy an. „Da gibt es einen Planeten voller Träume, alle umsonst und ohne Nebenwirkungen, einen, der nur aus Seifenblasen besteht, einen, der so aussieht wie ein Fußball oder einen, der aussieht wie ein Big Mac, aber auch einen, auf dem nur kichernde Mädchen wohnen, die reine Hölle. Es gibt den Verrückten, den Lustigen, den Lächerlichen, den Komischen, den Albernen und den Traurigen Planeten, den …"

„Dann lass uns losfliegen", jauchzte Benjamin und hüpfte immer aufgeregter, „wo geht es als erstes hin?"

„Such dir einen aus! Und wenn wir mit denen durch sind, zeige ich dir noch ein paar andere tausend Universen."

„Tausende? Ich dachte, es gibt nur eines?", staunte Benjamin.

„Die Menschen sind so blind", seufzte der Bär, „es gibt so viele Universen, wie du dir nur vorstellen kannst. Und noch einige obendrauf. Klar, nicht alle sind schön, in manchen sieht es aus wie bei Hempels unterm Sofa. Und in manchen wohnen so dämliche Wesen und so schaurige Ungeheuer, da ist es völlig zu Recht dunkel wie die Nacht."

„Hast du gar keine Angst auf deinen Reisen? Vor Kometen, Schwarzen Löchern oder kosmischen Ungeheuern?"

„Angst, ich?", fragte der Bär ungläubig. „Na, hör mal, die sollen ruhig kommen, denen stopf ich die Schwarzen Löcher! Sind ohnehin nur galaktische Müllschlucker, die Dinger", brummelte er weiter. „Außerdem bin ich hier der Hausm ..., äh, der Chef!"

„Klasse, und wenn ich wiederkomme, erzähle ich alles, was ich erlebt habe, meinen Eltern und meiner Schwester!", freute sich Benjamin.

„Äh, da ist noch eine Sache", druckste der Bär herum, „das mit dem Wiederkommen wird hier im Allgemeinen nicht so gern gesehen." Dann hob er den Kopf und lächelte wieder. „Aber sie werden wissen, was du machst. Alles, was du erlebst, werden sie träumen!"

„Super, Teddy-Chef, wann geht's denn jetzt

endlich los?", wurde Benjamin wieder ganz unruhig, „Ich will was erleben, wo reisen wir zuerst hin?"

Der Bär nahm die rechte Pfote zum Mund, legte das Stirnfell in Falten und brummte nachdenklich. „Für den Planeten der Katatonischen Konkubinen bist du noch zu jung, der wäre hier gleich um die Ecke. Ich hab's", strahlte er plötzlich, „wir reisen zu den Lachenden Literaturäffchen, das dürfte dir gefallen!"

„Hört sich gut an", freute sich Benjamin und nahm seinen Teddy an die Pfote, „unsere erste gemeinsame Reise!"

„Da werden noch viele weitere kommen", lächelte der Teddy geheimnisvoll, „der große und der kleine Bär werden noch jede Menge Spaß haben. Und jetzt halt dich gut an mir fest, dein erstes Universum wartet auf dich. Ach, und noch ein Tipp: Wenn wir am Saturn vorbeikommen, halte dir die Nase zu, da riecht es etwas streng."

Schon als sie durch die Wolken flogen, hörte Benjamin ein Kichern und Lachen, noch leise, es schien aus allen Richtungen zu kommen.

„Warte nur, das wird noch besser", freute sich sein Teddy und lachte ebenfalls. Als ihre Füße den Boden berührten, schien es, als würde selbst das Gras lachen. Aber es kam aus dem Wald, der vor ihnen lag, es schallte aus den Bäumen, aus den Blättern und Ästen.

„Schau genau hin, dann siehst du sie. Hast du schon welche entdeckt?"

Benjamin schaute hoch, zu den Bäumen. Und dann sah er sie, kleine braune Äffchen, lachende Äffchen, und jedes hatte ein Buch in der Hand. Manche saßen auf den Ästen, andere schwangen sich an Lianen von Baum zu Baum, andere tobten und kugelten sich auf den dicken Ästen, aber alle lachten und lasen und lachten und lasen.

„Von denen gibt es hier tausende, ach was, hunderttausende. Das sind die Leselemuren, die können schon lesen, wenn sie auf die Welt kommen."

„Das ist ja lustig", lachte Benjamin, „den ganzen Tag lesen und lachen und herumtollen, das möchte ich auch. Aber woher bekommen die denn all die lustigen Bücher, die sie zum Lachen bringen?"

„Komm mit, dann zeig ich es dir", sagte sein großer Freund. Sie gingen weiter durch den

Wald, umhüllt von einem vielstimmigen Lachen, das auf sie hereinprasselte wie ein erfrischender Regen.

„Was machen die denn da?", wollte Benjamin wissen und zeigte auf eine Gruppe von Leselemuren, die sich gegenseitig mit Büchern bewarfen.

„Die tauschen. Wenn sie die Bücher gelesen haben, werfen sie sich gegenseitig zu. Und wenn einer ein Buch an den Kopf bekommt, lachen sie auch, weil sie das lustig finden. Komm, lass uns weitergehen, ins Tal der Literaturäffchen."

Auch aus dem Tal, das bald vor ihnen lag, erschall ein Lachen aus hunderten Kehlen, mal leiser, mal ohrenbetäubend. Benjamin trat näher und beobachtete die Äffchen. Sie hatten ein viel helleres Fell als die Leselemuren. „Die schreiben ja alle, wenn sie sich nicht gerade vor Lachen auf dem Boden kugeln", staunte er.

„Ja, das sind die lachenden Literaturäffchen. Die schreiben all' die Bücher für die Leselemuren. Und weil sie ihre eigenen Bücher so lustig finden, lachen sie ebenfalls den ganzen Tag."

„Und was ist mit denen?", fragte Benjamin und zeigte auf eine Horde grauer Affen, die sich über Bücher beugten und nicht lachten, ja nicht einmal lächelten.

„Das sind die Lektorenäffchen. Die sind immer so still, auch bei ganz lustigen Büchern. Die nehmen ihre Arbeit ungeheuer ernst, die können gar nicht lachen. Deshalb sind sie auch alle grau."

„Was sind Lektoren?", wollte Benjamin wissen.

„Hm", machte der große Teddy, kraulte sich am Kinn und überlegte. „Lektoren, das sind literarische Türsteher. Deshalb gucken die auch immer so finster. So, aber jetzt lass uns weiterziehen. Aber wenn du mal schlechte Laune hast, dann flieg zum Planeten der Lachenden Literaturäffchen, dann bist du nach fünf Minuten wieder fröhlich. Mache ich auch immer", freute sich sein Teddy und nahm Benjamin an die Hand.

„Gibt es hier noch mehr solche lustigen Planeten, auf denen die Bewohner den ganzen Tag lachen oder komische Sachen machen?", wollte Benjamin wissen.

„Aber ja, jede Menge. Ganz in der Nähe sind noch einige, etwa der Planet der Artikulierenden Artikel, der Planet der Kalauernden Konsonanten, der der Traurigen Tippfehler, der Planet der Säuselnden Silben oder der Planet der Schwebenden Bücher oder ...“

„Der Planet der Schwebenden Bücher, das klingt toll, da will ich hin", freute sich Benjamin, „das hört sich spannend an.“

„Dann mal los!", rief sein Teddy und flog zum Himmel. Kaum hatten sie das Weltall erreicht, funkelten tausende von Sternen und verzauberten Benjamin. Nur ein Stern glänzte nicht, er sah aus, als umgäbe ihn eine milchige Schicht.

„Der sieht aber komisch aus", murmelte er.

„Und genau zu dem wollen wir hin. Aber wir müssen vorsichtig sein, wenn wir durch die Wolken fliegen, damit wir nichts beschädigen.“

Beschädigen? Was soll man denn kaputtmachen können, wenn man durch Wolken fliegt, fragte sich Benjamin. Kaum hatten sie die Atmosphäre erreicht, bremste Teddy stark ab. Ganz langsam umkurvte er die Wolken, ganz so, als habe er Angst, sie zu berühren. Unter den Wolken flog er wieder schneller und landete auf einem kleinen Hügel, der aus dem Bodennebel, der die gesamte Oberfläche überzog, herausragte.

Benjamin blickte zum Himmel, zum Horizont und zur Seite. Nichts. Enttäuscht schmollte er.

„Hier gibt's ja gar keine schwebenden Bücher, noch nicht mal normale Bücher".

„Doch, mein junger Freund, jede Menge. Was glaubst du denn, warum ich so vorsichtig um die Wolken geflogen bin? Weil ich Angst habe? Ha, ich doch nicht, der Chef vom Ganzen! Aber ich wollte die Wolken nicht durcheinanderbringen, denn aus den Wolken werden später einmal Bücher. Siehst du den Nebel hier? Der besteht aus reiner Fantasie. Und wenn aus dieser Fantasie eine Idee, ein Gedanke wird, steigt er auf, hinauf zum Himmel ... ganz langsam, zu den anderen Wolken. Diese Wolken sind Ideen, die zu Büchern reifen, in denen rumort es ganz gewaltig. Da werden Handlungen geschmiedet, Seiten und Kapitel verdichten sich, Zeilen geformt, geprüft und verworfen oder neu formuliert. In so einer Ideenwolke ist jede Menge los, da sollte man nicht stören, verstehst du?"

Benjamin schaute zum Himmel und nickte. „Aber wenn die Wolken fertig sind, was passiert dann? Wo landen denn die Bücher, und wer liest sie?"

Der dicke Teddybauch wackelte, als sein Freund lachte. „Nein, in den Wolken gibt es keine Druckereien, falls du das glaubst. Und die Bücher fallen auch nicht aus allen Wolken, sonst müssten wir jetzt einen Helm tragen, Benjamin", meinte er und hielt sich die Pfote über den Kopf. „Wenn ein Buch fertig ist, geht es auf die Reise. Zur Erde nämlich, oder zu einem anderen Planeten, auf denen die Bewohner lesen."

„Du meinst, es gibt noch mehr Planeten wie die Erde, wo Menschen leben, herumlaufen, spielen und lachen?", fragte Benjamin mit großen Augen.

„Natürlich, wie Sand am Meer! Ich frage mich, warum die Menschen denken, sie wären die Einzigen im Universum, so ein Blödsinn. Nein, da gibt es noch jede Menge andere, die Dralier, zum Beispiel, die können so schnell laufen wie die Teufel, und dabei dichten sie und erfinden die tollsten Geräte, oder die Veraner, die ..."

„Aber was ist mit den Büchern, was passiert mit denen?"

„Die suchen sich einen Menschen, einen Menschen mit einer großen Sehnsucht. Der Sehnsucht, ein Buch zu schreiben. Ja, und dann schleichen sie sich in seinen Kopf, durch ein Ohr. Was leider immer schwieriger wird, weil diese Jugendlichen ständig diese verdammten Knöpfe im Ohr haben."

„Und dann setzt sich dieser Mensch an seinen Computer und schreibt das Buch genau so, wie es aus der Wolke kam", strahlte Benjamin.

„Die Bücher sind nicht kleinlich, so ein paar eigene Sachen dürfen die Menschen schon schreiben. Aber nur ein bisschen, nicht so viel, sonst machen sie aus dem schönen Buch noch irgendeinen Unsinn."

„Und dann?"

„Dann erscheint das Buch und freut sich, egal ob dick oder dünn, groß oder klein. Und der Mensch freut sich auch, ist sehr stolz. Er nennt sich dann Schriftsteller oder Autor und träumt davon, noch ganz viele Bücher zu schreiben. Pah, der Tölpel, wenn die Bücher nicht zu ihm kommen, schreibt er überhaupt nichts mehr!"

„Und wann kommen sie wieder?"

„Wenn der Mensch oder Autor oder Schriftsteller sie noch ein ganz kleines bisschen besser macht, als sie waren, das spricht sich rum in Bücherkreisen, dann kommen sie wieder."

Benjamin blickte nachdenklich in die Ferne. „Ich glaube", sagte er langsam, „ich möchte auch ein Buch werden. Dann könnte ich zurück auf die Erde, und Tanja könnte mich schreiben. Das kann sie wirklich gut, sie schreibt Gedichte, ganz toll, die hat sie mir oft vorgelesen."

„Aber lass dir damit noch etwas Zeit, Benjamin. Wenn man nämlich ein Buch sein will, muss man einiges zu erzählen haben. Und du, naja, wie soll ich sagen, also du könntest durchaus noch ..."

„Einiges erleben? Abenteuer bestehen? Oh ja, Herr Teddy", rief er und sprang auf, „das will ich, jetzt, sofort! Wo fliegen wir hin, welchen verrückten Planeten besuchen wir?"

„Nun, wir könnten mal bei den Kriminellen Kreativen vorbeischauen, die schreiben auch Bücher. Allerdings nicht ganz so lustige", schränkte sein Teddy ein.

"Kriminell kenne ich, aber was sind Kreative? Muss ich da Angst haben?"

„Nein, nein, du brauchst keine Angst haben. Kreative, das sind Leute, die etwas Eigenes erschaffen, die sich Sachen einfallen lassen und sie schaffen. Das können Bücher oder Bilder sein, Theaterstücke, Skulpturen, Fotos und viele andere Dinge. Sicher, manche von denen sind etwas merkwürdig, skurril oder trinken zu viel. Aber gefährlich, nein, das habe ich noch nicht erlebt."

„Na, dann los, worauf warten wir noch! Ist es weit?"

„Nein", lächelte sein Teddy, „nur ein Wimpernschlag von hier. Nimm meine Pfote, dann geht es los."

Ruck, zuck, näherten sie sich aus dem dunklen Weltall dem Planeten der Kriminellen Kreativen.

Überrascht schaute Benjamin seinen Reiseführer an. „Wow, der schimmert ja rot, wie ein dunkles Rot. Woher kommt das?"

„Der Planet ist zum großen Teil von einem Meer bedeckt, einem Meer aus Blut. Davon leben die Kriminellen Kreativen, und damit schreiben sie auch. Sie selbst leben auf dem einzigen Kontinent, den es dort gibt, er nennt sich Syndikat.

„Die leben von Blut? Sind das Vampire?"

Der Teddy spürte, wie Benjamin ängstlich an seiner Pfote zog und ihn bremste. „Nein, das sind keine Vampire, und du brauchst keine Angst zu haben. Die leben davon, wollen aber niemanden umbringen. Das lassen sie ihre Figuren machen, die sie in ihren Büchern zum Leben erwecken."

Nicht ganz beruhigt flog er weiter und landete kurze Zeit später auf dem Kontinent Syndikat.

„Nanu, was ist das denn, hier ist ja alles schwarz?"

„Ja, das ist schwarzes Gras, das gibt es nur hier. Und sieh mal, da vorne, das ist das einzige Gebäude auf dem Planeten.

„Das sieht ja aus wie ein dunkler Bienenstock!"

„Ja, das ist ein Schreibstock, darin leben die Kreativen. Darin gibt es unzählige Schreibwaben, in denen sie arbeiten und wohnen. Lass uns reingehen."

Durch eine kleine Tür an der Seite betraten sie den Stock. Es war sehr dunkel darin, fast schwarz, nur ein schummriges Licht beleuchtete den schmalen Gang, zu dessen Seiten sich die Schreibwaben viele Meter hoch auftürmten, eine über und neben der anderen. In der Mitte fiel ihm eine Wabe auf, die blutrot glänzte und dreimal so groß war wie die anderen.

„Ah, sie ist dir sofort aufgefallen. Darin wohnt der König der Kriminellen Kreativen. Er heißt Ritzek und schreibt die meisten Krimis. Die Menschen auf der Erde lieben sie, und sie verkaufen sich prächtig. Deshalb hat er auch die größte Wabe. Los, lass uns mal in einige reinschauen."

Langsam stiegen sie in die Höhe, und Benjamin sah vorsichtig in einige der Waben. Sie waren zum Gang hin offen, nur die des Königs deckte ein Vorhang aus blutrotem Samt. In den anderen sah er merkwürdige Wesen, Männer wie Frauen, die über ihren Schreibpulten bückten und ihre Federn immer wieder in kleine Töpfe voller Blut tunkten. Einer blickte überrascht auf, und Benjamin sah in seine blutunterlaufenen Augen, die in einem blassen Gesicht wohnten. Er röchelte und Speichel lief an seinen Mundwinkeln herunter, seine langen fettigen Haare hingen ihm auf die schmalen knochigen Schultern. Er sah aus wie ein Wesen aus der Hölle und Benjamin erschrak, als dieses Ungeheuer ihn mit seinen Augen fixierte.

„Ja, der sieht so schaurig aus wie er schreibt", lächelte sein Teddy und drückte Benjamins Hand etwas fester, „der verkauft sich auch sehr gut, in Deutschland unter dem Namen König oder so, kann auch englisch sein."

„Ich möchte hier weg, hier kriege ich Angst."

„Sie sind alle ungefährlich, aber wenn du dich gruselst, dann lass uns verschwinden."

Sein Teddy drückte ihn an sich, flog hinunter und stieß die kleine Tür auf.

„Puh, ich bin froh, wieder draußen zu sein, lass uns fliegen."

Im Handumdrehen waren sie wieder im dunklen Nichts.

„Das war schaurig da unten, gar nicht schön."

„Schaurig, das da unten, der Planet der Kriminellen Kreativen? Nein, das war gar nichts, Benjamin, völlig harmlos, ein Kinderspiel, sozusagen."

„Was ... was ist denn der schaurigste Planet im ganzen Universum?", flüsterte Benjamin vorsichtig.

„Das Schrecklichste, das du im Weltall überhaupt finden kannst, das ist ..." Teddy machte eine Pause, als fürchtete er sich vor der Antwort. „Das Schrecklichste ist der Planet der Lieben Liebsten", hauchte er erleichtert. „Selbst ich fühle mich da nicht wohl. Er ist ganz in der Nähe, wenn du willst ..."

„Nein, ich glaube nicht", antwortete Benjamin schnell und entschieden, „das eben hat mir gereicht. Was ist denn dort so schrecklich?"

„Was du eben erlebt hast, ist ein Nichts im Vergleich", schnaubte Teddy. „Schaurige Dinge gehen da vor, schaurige Dinge, Benjamin. Der Planet der Lieben Liebsten wird unter Eingeweihten auch als der der Buckligen

Verwandtschaft genannt. Er wird beherrscht von Hass, Intrigen, Neid, Verwünschungen und Mordgedanken. Eine graue Wolke umgibt ihn, unter der alles Negative blüht und gedeiht, aus dieser Atmosphäre zucken Blitze auf den Planeten, die die schrecklichsten Wesen schaffen, grausame Kreaturen aus der Hölle, die sich gegenseitig nach dem Leben trachten. Die die Qualen anderer genießen, von diesen Qualen leben, ohne sie könnten sie nicht existieren. Die grausamsten von ihnen ..." Der Teddy stockte, als hätte er Angst, die Worte zu sprechen.

„Du hast Angst vor ihnen, du, der Herrscher des Universums?", wunderte sich Benjamin und fürchtete sich vor der Antwort.

Sein Teddy holte tief Luft. „Ich und Angst? Unsinn! Die grausamsten und schlimmsten von ihnen waren eine Kaste, die man ... Schwiegertöchter nennt." Seine Stimme zitterte, als er das Wort aussprach.

„Da will ich nicht hin", sagte Benjamin bestimmt und ängstlich. „Lass uns von hier verschwinden."

Sie flogen los, aber nach kurzer Zeit bremste ihn Teddy. Mitten im Dunkeln blieben sie stehen.

„Wo möchtest du denn als Nächstes hin, was möchtest du erleben?"

„Ich glaube ... ich glaube, am liebsten möchte ich nach Hause, zu meinen Eltern und meiner Schwester", murmelte Benjamin.

„Du weißt doch, dass das nicht geht", sagte ihm sein Teddy traurig. „Das habe ich dir gesagt, als wir uns zum ersten Mal begegneten."

Benjamin nickte traurig.

„Nicht traurig sein." Er stockte.

„Was ist? Du bist so nachdenklich. Was ist los mit dir?"

„Mir fällt gerade etwas ein, lächelte sein flauschiger großer Freund. „Ich will dir keine falschen Hoffnungen machen, aber vielleicht weiß jemand Rat."

„Jemand, der noch mächtiger ist und mehr weiß als du?"

„Äh, das natürlich nicht", brummte er. „Aber es gibt gar nicht weit von hier den Planeten der Weisen Wesen. Die sind nicht nur weise, da ist auch alles weiß, ihre Kleidung, das Gras, die Pflanzen, die Häuser, einfach alles. Du musst verdammt vorsichtig sein, nicht ständig gegen irgendetwas zu laufen oder zu stolpern."

„Und was sind weise Wesen? Wie sehen die aus? Sprechen die überhaupt mit uns oder schweigen die nicht den ganzen Tag und denken nach?"

„Meistens schon. Aber wenn die eine Gelegenheit zum Quatschen haben, machen die das sehr gern, glaub mir. Also los, gib mir deine Hand."

„Au ja, auf zu den Weisen Wesen!"

Schon von weitem sah der Planet aus wie eine Kugel Raffaello, die im All schwebt. Als sie ihre Pfoten und Füße aufsetzten, stob etwas weißer Nebel in die Luft, der über dem weißen Gras lag. Benjamin konnte fast überhaupt nichts erkennen, vor ihm und über ihm war alles weiß. Nur die Sonne konnte er sehen, die war noch etwas weißer als der Rest.

„Was sollen wir hier, hier ist ja nichts!"

„Doch, mein junger Freund, vor uns liegt ihre Hauptstadt, nur wenige Minuten entfernt. Lass uns gehen!"

Benjamin nahm die Tatze seines Freundes und verließ sich auf ihn, weil er nichts sehen konnte. Ein merkwürdiger Planet. Ihm war schwindelig, er wusste nicht, wo er war, als würde er einen Fuß vor den anderen setzen und nicht vorwärtskommen.

„Wir sind da."

Benjamin nahm verschwommen die Konturen eines halbkugelförmigen Hauses wahr, davor ein kleines Türchen, das zu einem weißen Garten führte. Benjamins Teddy blieb vor dem fast unsichtbaren Gartentor stehen und rief „He, weiser Mann!" Kurz darauf erschien eine große schlanke Gestalt, mit einem langen weißen Bart, natürlich in einem weißen Umhang gekleidet und blickte sie wortlos an.

„Der sieht ja aus wie Gandalf", bemerkte Benjamin erstaunt.

„Wie wer?"

„Ach, nicht wichtig, Teddy, nur eine Figur aus einem Roman auf der Erde."

Die schlanke Gestalt näherte sich.

„Ich hatte ein paar Jahrhunderte keinen Besuch. Was möchtet ihr?"

„Wir sind auf der Suche nach einer Idee, die nicht den Gesetzen des Universums widerspricht und meinem kleinen Freund hier hilft."

„Ideen, die den Gesetzen widersprechen, können nicht verwirklicht werden. Was genau möchtest du?"

Benjamin, leicht genervt, öffnete das Törchen und stellte sich vor den großen schlanken Mann. Kalt, abweisend und schweigend blickte der auf ihn herab. „Ich will nur wissen, wie ich zu meinen Eltern und meiner Schwester zurückkomme", blaffte Benjamin und stampfte zur Bekräftigung mit dem rechten Fuß auf, dass der weiße Nebel dampfte.

Der weiße weise Mann schaute auf ihn herab, musterte ihn, Sekunde um Sekunde. Benjamin sah ihm in die Augen, neugierig und erwartungsvoll. Dann lächelte der große Mann. „Komm, mein kleiner Freund, lass uns hineingehen." Er wendete sich um, bückte sich unter dem Türbogen und ging hinein. Benjamin sah sich nach seinem Begleiter um. Der nickte, legte ihm die Pfote auf die Schulter und folgte dem merkwürdigen Weisen.

„Licht brauchen wir hier drin nicht", seufzte sein Teddy, nachdem sie eingetreten und sich an einen nebeligen Tisch gesetzt hatten. Alles in dem Raum erstrahlte in reinstem Weiß.

„Lass mich kurz erzählen, welchen Gedanken ich mir zu deinem Problem schon vorher gemacht habe", begann der weise Mann und lächelte gütig.

„Kurz erzählen", schnaubte sein Teddy, „ich habe dir doch gesagt, wenn die eine Gelegenheit zum Quatschen bekommen, hören sie nicht mehr auf. Geschlagene drei Stunden hat er uns die Ohren vollgesabbert, und jetzt will er in Ruhe überlegen.

„Was machen wir so lange?"

„Spazieren gehen ist keine gute Idee, da sind wir grün und blau, wenn wir wiederkommen." Dass sich in diesem Moment die Tür wieder öffnete, erkannten sie daran, dass es rings um die Tür heller wurde. Der weise Mann trat zu ihnen und lächelte Benjamin an.

„Ich habe in meinem Ideen-Archiv nachgeschaut und eine passende gefunden. Man nennt sie die Idee der beseelten Dinge."

„Das hört sich ja spannend an", freute sich Benjamin und sah ihn erwartungsvoll an. „Wie funktioniert denn diese Idee? Und wann können wir anfangen?"

In diesem Moment fasste sich sein Teddy an den Kopf, so, als wäre ihm ganz plötzlich ein Gedanke gekommen, der seine ganze Aufmerksamkeit brauchte.

„Oh", sagte er nach wenigen Sekunden und nickte.

„Was ist los? Tut dir etwas weh?", fragte Benjamin ängstlich."

Ernst schüttelte sein großer Freund den Kopf. „Nein, aber ich habe gerade eine Nachricht bekommen."

„Eine Nachricht? Wie bekommst du denn Nachrichten?"

„Ähhh, das erklär ich dir ein andermal. Weißt du, ich muss nämlich jetzt ganz schnell weg, mein Freund."

„Weg? Wegen dieser Nachricht? Und wohin? Kann ich mitkommen?"

„Nein, das geht leider nicht, Benjamin." Sanft legte er ihm eine Pfote auf die Schulter. „Du musst eine Weile warten, bis ich wiederkomme."

Benjamin verschränkte die Arme vor der Brust und zog eine Schnute. „Ich will nicht warten. Ist doch langweilig hier."

Teddy seufzte. „Aber ich muss wirklich schnell weg, es ist wichtig und ganz eilig. Da braucht jemand meine Hilfe."

„Ich brauche auch deine Hilfe."

„Ich weiß, aber die beiden noch vieeeel dringender. Ich bin auch bald wieder da, ganz ehrlich."

Benjamin schwieg, verschränkte die Arme noch fester und schaute auf den Boden.

„Also gut", gab sich sein Begleiter geschlagen, „ich bringe dich vorher noch zum Planeten Ramtun, da wird dir nicht langweilig sein."

„Ramtun? Wo ist der denn? Und warum hat der so einen komischen Namen? Die anderen waren viel schöner, so wie die Lachenden Literaturäffchen."

„Naja, es gibt eben auch ganz normale Planeten, wo ganz normale Leute wohnen. Fast normal", schob er hinterher.

„Was werde ich denn auf diesem Ramtun erleben? Ist der gefährlich?"

„Nein, nein, Benjamin, du brauchst keine Angst zu haben, dort ist es nicht gefährlich. Zumindest nicht, als ich das letzte Mal dort war."

„Also gut, aber wirklich nur kurz, okay?"

„Nur ganz kurz, versprochen, Benjamin. Und jetzt lass uns los."

Der Planet Ramtun lag gleich um die Ecke. Die beiden landeten auf einer blühenden Wiese, ein Bach plätscherte leise vor sich hin, in der Ferne zeichneten sich hohe Berge am blauen Himmel ab. Es war warm, ein leichter Wind spielte in Benjamins Haaren.

„Hier ist es ja wie auf der Erde", wunderte der sich. „Das sieht aus wie im Urlaub mit meinen Eltern und meiner Schwester."

„Siehst du die Bäume dort?"

Benjamin schaute in die Richtung, in die sein Teddy zeigte.

„Hinter den Bäumen ist ein kleines Dorf, alles nette Leute, auch Kinder leben dort. Da kannst du auf mich warten."

„Warum kommst du nicht mit und stellst mich vor?", wunderte sich Benjamin.

„Weil keiner hier oder auf einem anderen Planeten von mir wissen soll. Ich bleibe lieber im Hintergrund, da kann ich besser arbeiten", lächelte sein Begleiter ihn an. „Es sind nur wenige hundert Meter. Bis bald, Benjamin!"

Als der sich umdrehte, war sein Teddy schon verschwunden. Jetzt, da er ganz allein auf dieser Wiese stand, auf einem Planeten, den er nicht kannte, war ihm schon etwas mulmig. Was ist, wenn die Leute hier doch nicht so nett sind? Vielleicht sogar kleine Kinder fangen und einsperren? Er schüttelte sich, als er an das Märchen „Hänsel und Gretel" dachte, das ihm seine Oma vorgelesen hatte. Er hörte das Lachen der bösen alten Hexe, sah die Warze auf ihrer krummen Nase und wollte sich verstecken, schnell, bevor ihn jemand sah. Aber wo? Weit und breit nichts zu sehen, wo er sich verkriechen konnte, kein Stein und kein Strauch, nur die Bäume vor ihm. Ob er sich dort verstecken konnte, ohne dass ihn jemand aus dem Dorf sah? Er musste es versuchen. Benjamin rannte los, über die Wiese bis kurz vor den Bäumen. Dann legte er sich auf den Boden und kroch langsam und gespannt vorwärts, wie beim Cowboy-und-Indianer-Spielen, leise, bloß keinen Laut machen. Er sah sich nach allen Seiten um, scheinbar war er ein guter Indianer, niemand schien ihn bemerkt zu haben. Als er den ersten Baum erreichte, richtete er sich an dem hohen und breiten Stamm auf. Warum war an diesem Baum der Stamm grün und die Blätter braun? Vorsichtig und langsam spähte er an dem Baum vorbei. Hinter dem kleinen Wäldchen lag eine Lichtung, und auf der standen einige Hütten, aus Lehm und Holz gebaut. Zwischen den Hütten lagen gepflasterte Wege. Aber es war kein Mensch zu sehen, auch kein Hund, kein Huhn und keine Katze. Wo waren die alle hin? Aus keinem Schornstein stieg Rauch auf, und es war still, kein Geräusch zu hören. Ein merkwürdiges Dorf. Und wie sahen die Hütten überhaupt aus? Die Fensterläden an manchen der kleinen Häuser hingen schief in den Angeln, viele Scheiben waren kaputt und das Unkraut wucherte auf den Wegen und vor den Türen. War das Dorf verlassen? Es sah so aus, als würden hier schon lange keine Menschen mehr leben. Oder Ramtuner. Wieso hatte sein Teddy das nicht gewusst? Er kannte doch alles, was im Universum los ist. Benjamin beschloss, erst einmal hinter dem Baum zu bleiben und den Ort zu beobachten.

Ihm war kalt. Er schlang sich die Arme um den Oberkörper, aber er fror. Was war passiert? Es dämmerte schon. Benjamin schrak auf, er war eingeschlafen. Das hätte nicht passieren dürfen, wie leicht konnte man ihn entführen, wenn er schlief. Vorsichtig blickte er zum Dorf, es blieb ruhig. Aber da, zwischen den beiden kleinen Häusern links, bewegte sich da nicht etwas auf dem Boden? Er traute sich hinter dem Baum hervor und huschte geduckt zum nächsten Baum, der genauso groß war wie der andere. Er kniff die Augen zusammen. Doch, es tat sich was am Boden, etwas Flaches erhob sich. Es sah aus wie ... wie eine Klappe, die sich öffnete. Auf zum nächsten Baum, dann zu den Büschen, die das Wäldchen von der Lichtung trennten. Es war nur eine kurze Strecke, aber Benjamin war außer Atem, als er sich hinter den Busch bückte und vorsichtig einige Zweige zur Seite schob. Eine Hand! Ganz eindeutig eine Hand, die die Klappe nach oben drückte, und jetzt konnte er auch einen Arm erkennen, einen kleinen. Vorsichtig schoben sich Haare über die Grasnarbe, dann zwei Augen, die sich suchend umblickten, so, als hätten sie vor etwas Angst. Die Klappe mit der Wiese darauf flog nach hinten, und jemand kam aus der Öffnung im Boden. Ein Mädchen! Ein kleines Mädchen, ungefähr so groß und so alt wie Benjamin. Sie trug ein helles Kleid und dunkle Schuhe, ihre langen Haare waren ebenfalls dunkel, so viel konnte er in der Dämmerung noch erkennen. Unsicher schaute sie sich um. Benjamin wagte kaum zu atmen. Sie blieb ganz ruhig stehen und schaute in den Himmel. Dann bewegte sie leicht ihre Knie, fing an zu wippen, langsam, so, als müsse sie sich daran gewöhnen. Nach und nach wurde sie flotter, hob seitlich die Arme und schaute weiter in den Himmel. Vorsichtig, als könne er das Mädchen aus den Augen verlieren, wagte er auch einen Blick nach oben. Die ersten Sterne leuchteten, drei Monde zeichneten sich ab, unterschiedlich groß. Benjamin blickte wieder zur Wiese. Das Mädchen tanzte, sie drehte sich zu einer unhörbaren Musik im Kreis und tanzte, wiegte den Kopf, die Arme seitlich bis zur Schulter erhoben. Fasziniert sah Benjamin ihr zu, und schon nach wenigen Minuten wäre er am liebsten zu ihr gelaufen und hätte mit ihr getanzt. Noch bevor er darüber nachdenken konnte, wurde ihr Tanz langsamer, sie ließ die Arme sinken, drehte sich nur noch behutsam, bis sie stehenblieb. Wieder schaute sie in den Himmel, blieb noch kurze Zeit stehen, bevor sie sich umdrehte, zu der Öffnung im Boden ging und hinunterstieg. Sie schloss die Klappe und war verschwunden. Benjamin schaute auf die Stelle, an der das Mädchen hinabgestiegen war, sah die Wiese und fragte sich, ob er all das nur geträumt hatte.

Ein Surren. Ein helles, durchdringendes Surren umschwirrte ihn, fast so wie eine Mücke. Sehen konnte Benjamin nichts. Noch ein Surren, eine weitere Mücke. Benjamin wedelte mit den Händen, um die Viecher von seinem Kopf zu vertreiben, es schienen immer mehr zu werden, das Surren lauter. Zack, der erste Stich. Er wedelte heftiger, aber je länger er stehenblieb, desto mehr wurden es, es musste schon ein ganzer Schwarm sein. Er lief los, zu der Klappe, vielleicht konnte er sich dort verstecken. Erstaunt öffnete er den Eingang und sah eine Treppe vor sich, beleuchtet von einem matten Lichtschein. Er verscheuchte die letzten Mücken, schloss die erstaunlich leichte Klappe und sah sich vorsichtig um. Das Licht kam von kleinen fliegenden Wesen, Leuchtkäfern, die genug Helligkeit abgaben, dass er sich orientieren konnte. Und sie ließen ihn in Ruhe. Vorsichtig ging er weiter, tastete sich mit der rechten Hand an der lehmigen Wand entlang. Er konnte nur wenige Stufen vor sich erkennen, wie viele es tatsächlich waren, wusste er nicht. Und auch nicht, wohin sie ihn führen würden.

Es dauerte eine ganze Weile, bis die Treppen aufhörten und in einen Gang mündeten. Auch hier sorgten die Leuchtkäfer für ausreichend Licht. Wohin würde ihn dieser Gang führen? Benjamin fror und hatte Hunger. Wann würde ihn sein Teddy abholen?

Wie lange er diesen Gang entlanglief, konnte er nur ahnen, froh darüber, dass ihm unterwegs keine anderen Tiere als die Leuchtkäfer begegnet waren. Er hatte schreckliche Angst vor Ratten. Und vor dem, was ihn am Ende dieses Tunnels erwarten würde.

Er tastete sich weiter vorwärts, schaute gespannt in die Dunkelheit vor ihm. Halt, was war das? Er blieb stehen und spitzte die Ohren. Ja, ein Geräusch, wie ein leichtes Murmeln und Säuseln. Führte ihn der Gang zu diesem Geräusch? Noch langsamer als vorher ging er weiter, immer schnurgerade den Gang entlang. Das Geräusch wurde allmählich lauter, und in einiger Entfernung sah er einen zarten Lichtschein, rötlich und klein. Benjamin setzte seinen Gang fort, mit jedem Schritt schien sein Herz etwas schneller zu schlagen, der Lichtschein größer zu werden, größer und heller. Der Tunnel vergrößerte sich, wurde breiter und höher, die Geräusche lauter. Sie klangen wie ... , ja, wie eine Stadt, eine größere Stadt. Ein Vorhang. Was ihn jetzt nur noch von dieser Stadt und dem Licht trennte, war ein Vorhang aus Lianen, grüne, lange Lianen, die von der Decke des ovalen Tunnelendes hingen und den Blick versperrten auf das, was dahinter lag. Wollte er das tatsächlich wissen? Aber welche andere Möglichkeit hatte er? Er fror, hatte Hunger und wollte schlafen. Wenn die Wesen hinter dem Vorhang so aussahen wie das kleine Mädchen, das im Licht der drei Monde getanzt hatte, würde er unter ihnen nicht auffallen. Vorsichtig schlich er sich bis zu dem Lianen-Vorhang heran und streckte seine Hand aus, um einige der ineinander verwobenen Pflanzen zur Seite zu schieben, damit er einen Blick erhaschen konnte auf das, was ihn erwartete. Neugierig spähte er hindurch. Als er die Hand auf seiner Schulter spürte, erschrak er fast zu Tode.

„Du darfst hier nicht sein, das weißt du doch." Das kleine tanzende Mädchen flüsterte und sah Benjamin eindringlich an. „Du weißt ja, was passiert, wenn sie uns erwischen."
Benjamin atmete erleichtert aus, scheinbar wollte sie ihm nichts Böses."
„Äh... nein, das weiß ich nicht, woher denn auch. Aber du bist doch auch hier, ich bin dir nur gefolgt"
„Aber das weiß doch jeder, der hier lebt. Und vor allem so alt ist wie du und ich."
Benjamin verstand gar nichts mehr. „Ich bin doch ein kleiner Junge, erst vier alt und komme gar nicht von hier", wehrte er sich.

„Erst vier? Du machst mir Spaß, du hast doch nicht mehr lange zu leben. Und was meinst du mit ich komme gar nicht von hier?"

„Nicht mehr lange zu leben? Mit vier Jahren? Andererseits, ich bin ja schon tot." Erst da fiel Benjamin auf, dass er seit seiner Ankunft auf diesem Planeten Hunger hatte, müde war und fror. So, als wäre er wieder am leben. Als hätte er wieder einen Körper. Das war bei seiner Reise mit Teddy nicht so. Was ging hier vor?

„Übrigens, ich komme von der Erde, mein Teddy hat mich hierhin gebracht."

Das kleine Mädchen schaute ihn mit offenem Mund an. Sie brauchte einen Moment, um wieder sprechen zu können. „Teddy? Erde? Schon tot? Kleiner Junge? Was erzählst du mir da?"

Benjamin beschloss, von vorne anzufangen und erzählte dem Mädchen seine Geschichte, alles, was seit seiner Beerdigung passiert war. Schweigend hörte sie ihm zu, ohne ihn zu unterbrechen. Am Ende der Geschichte stieß sie hörbar die Luft aus, setzte sich auf den Boden und kreuzte ihre Beine. Ihre Ellenbogen stützte sie auf ihre Knie, ihren Kopf in ihre Hände.

„Uff", stöhnte sie, „das gibt's doch alles gar nicht. Und das soll ich glauben? Nach so einem langen Leben tischt du mir eine solche Geschichte auf?"

Jetzt war es Benjamin, der nicht mehr weiter wusste. „Langes Leben? Ich denke, du bist etwa so alt wie ich, oder?" Er setzte sich ebenfalls und blickte das Mädchen neugierig an.

„Wenn ... wenn du tatsächlich von einem anderen Planeten, dieser Erde, kommst, muss ich dir sagen, dass hier einiges anders ist. Weißt du, hier kommen die Ramtuner als Greise auf die Welt. Alt und runzelig, sie können ohne die Hilfe von anderen gar nicht leben. Sie müssen gefüttert und gepflegt werden, brauchen Windeln und werden in einem Wagen durch die Gegend geschoben, weil sie zu schwach sind, um zu gehen."

Benjamin runzelte nachdenklich die Stirn. Seine Mama hatte ihm erzählt, dass es bei ihm und seiner Schwester ähnlich zugegangen war, damals, als sie noch in den Windeln lagen.

„Aber nach und nach werden sie erwachsen, eigenständig, lernen, gehen zur Schule, arbeiten, gründen eine Familie."

Benjamin sah, wie sie nachdenklich wurde, an etwas dachte, das weit zurück lag.

„Und irgendwann, ohne es zu merken, werden wir älter, ganz alt. Wisst ihr auf eurem Planeten, wie alt ihr werdet?"

Verdutzt hob Benjamin den Kopf. Er dachte an seine Oma, sie hatte nie etwas davon gesagt. „Nein, davon weiß ich nichts. Ich weiß zum Beispiel nicht, wie alt ich werde."

Das Mädchen nickte. „Bei uns wissen wir es auch nicht genau, nur so ungefähr. Wir werden immer jünger, also nach deiner Geschichte älter. Wir werden kleiner, verspielter und bekommen eine wunderschöne Haut, so wie meine, siehst du?"

Benjamin sah, wie sie sanft mit ihrer rechten Hand über ihren Unterarm streichelte. Ihre Haut sah aus wie seine.

„Du meinst, bei euch ist es genau umgekehrt wie bei uns? Wir kommen als hilflose Säuglinge zur Welt, hat meine Mama gesagt. Aber wir müssen auch gefüttert und gepflegt werden. Und dann werden wir älter, wie alt, weiß ich nicht. Mein Vater ist schon über dreißig", verkündete er stolz.

„Und auch nicht, was danach kommt?"

„Kein Ahnung, was du meinst. Wie heißt du eigentlich?"

„Alina", lächelte sie, „und ich bin schon über achtzig."

Verwirrt schaute Benjamin auf das hübsche kleine Mädchen. „Mein Name ist Benjamin. Warum ist es bei euch denn umgekehrt? Dass ihr so alt auf die Welt kommt, meine ich."

„Aber das ist doch gerechter, oder? Wir haben diese ganzen Krankheiten und Beschwerden, alles, was das Altwerden mit sich bringt, die Schmerzen und die Pflege schon nach wenigen Jahren hinter uns. Und später, im Alter, sind wir gesund und fit und können machen, was wir wollen."

Benjamin dachte einen Moment nach. „Wir genießen es als Kinder, zu toben und zu spielen, wir sind fröhlich und lachen, mit unseren Freunden und unseren Eltern. Was später kommt, wissen wir nicht. Ist das nicht gerechter?"

Alina zuckte mit den Schultern. „Weiß ich nicht. Und jetzt lass uns hier verschwinden, bevor wir erwischt werden."

„Warum dürfen wir nicht hier sein? Ist doch völlig harmlos."

Alina schüttelte den Kopf. „Was ich gemacht habe, ist streng verboten. Aber manchmal muss ich einfach nach oben, die Sterne und die

Monde sehen und frische Luft atmen. Der Tunnel, durch den wir gegangen sind, ist einer von vielen. Sie dienen dazu, dass durch die Klappen frische Luft in unsere Welt kommen kann. Aber an die Oberfläche dürfen wir nicht, damit uns die Werraner nicht erwischen."

„Wer sind die denn schon wieder?"

„Keiner weiß, wo die herkommen, manche sagen, sie stammen von einem Meteoriten, der vor vielen, vielen Jahren auf Ramtun eingeschlagen ist. Sie sind etwa zwei Meter lang, aber nur halb so hoch wie ich. Sie bewegen sich auf vier kräftigen Beinen, haben einen langen Schwanz und ständig zischeln sie mit ihrer Zunge, die vorne gespalten ist. Außerdem haben sie ein Horn vorne auf der Nase. Wir haben einen Schutzschirm entwickelt, der sie abhalten soll, meistens funktioniert der ganz gut."

Benjamin musste an einen Waran denken, den sein Vater ihm einmal in einem Bilderbuch gezeigt hat.

„Sie haben eine eigene Sprache, die wir nicht verstehen. Und sie wollen uns beherrschen und zur Arbeit zwingen, damit sie sich der Literatur und dem Gesang widmen können. Der klingt so grauenhaft, dass allein der schon Grund genug war, die Oberfläche zu verlassen." Alina schüttelte sich, als sie an die schaurigen Geräusche dachte.

„Wie lange lebt ihr schon unter der Erde?"

„Sehr, sehr lange, es gibt niemanden mehr, der das Leben an der Oberfläche noch kennt. In einem Haus in der großen Halle werden Sachen aus unserer Vergangenheit gezeigt. Dazu gehören auch einige Zeichnungen, die die Häuser und Ramtuner auf der Oberfläche zeigen. Sie sind sehr wertvoll, weil es nur ganz wenige davon gibt und werden streng bewacht."

„Große Halle? Wo ist die denn?"

„Komm mit, Benjamin. Dort leben und arbeiten wir alle. Du wirst dort nicht auffallen, aber halte dich immer nah bei mir, hast du verstanden?"

Er nickte und folgte Alina, nachdem sie die Lianen zur Seite geschoben hatte und schnell durchgeschlüpft war. Zuerst fielen ihm die unzähligen Lichtpunkte auf, die die Halle erleuchteten. Sie war riesig, so groß wie die Stadt, in der Benjamin gewohnt hatte. Und hoch, so hoch, dass er kaum die Spitze sehen konnte. Sie lief nach oben zu, sehen konnte er das nur, weil einige der unzähligen Lichter bis nach oben stiegen.

„Was ist das für merkwürdiges Licht? Es bewegt sich, sind das fliegende Lampen?"

Alina schüttelte den Kopf. „Ich weiß zwar nicht, was Lampen sind, aber wir nennen sie Gedankenlichter. Sie bringen uns das Licht, das wir brauchen. Feuer machen können wir hier unten nicht, das ist zu gefährlich, der Rauch könnte die Luft verpesten und wir daran ersticken."

„Und die Klappen könnt ihr nicht geöffnet halten ..."

„... wegen der Werraner, genau."

„Gedankenlichter, ein schöner Name für diese leuchtenden Wesen", lächelte Benjamin.

„Sie spenden Licht und ernähren sich von den aufsteigenden Gedanken und Ideen, die wir haben. So profitieren beide davon."

Profitieren hörte sich aus dem Munde eines kleinen Mädchens merkwürdig an, fand Benjamin. Aber sie war ja keines.

Alina nahm Benjamin an die Hand und führte ihn in Richtung der ersten Hütten, die sich am Rand der Stadt unter der großen Halle angesiedelt hatten. Es waren einfache kleine Häuser, aus Lehm und Holz, mit wenigen

Fenstern und einem Dach aus Pflanzen, ohne Schornstein. Vor den Türen und auf den staubigen Wegen spielten die Greise, die kleinen Kinder. Alte Ramtuner, die kaum laufen konnten und Schmerzen hatten, alberten herum und bewarfen sich gegenseitig mit Lehmbrocken, während die Kinder auf sie aufpassten und sie gelegentlich mit erhobenem Finger tadelten. Benjamin schaute neugierig auf die Leute, unter denen er nicht auffiel. Die Ramtuner trugen einfache Kleidung, Hosen, Röcke, Oberteile und Jacken, aus einem Stoff, der wie Wolle aussah, gewebt und in vielen bunten Farben. Die meisten trugen eine einfache Mütze, geformt wie ein spitz zulaufender Hut, ohne Krempe. Das Gedränge wurde dichter, je mehr sie sich dem Zentrum näherten, Händler boten ihre Waren an, Lebensmittel, die ihm völlig unbekannt waren, getöpferte Gefäße, Stoffe und alles, was man auch auf der Erde zum Leben brauchte. Was fehlte, waren elektrische Geräte und Computer. Gab es hier unten keinen Strom? Leitungen sah er keine, er würde Alina danach fragen. Noch etwas fehlte, nur ein Eindruck, es fiel ihm auf, aber er wusste nicht, was. Etwas war anders als auf der Erde, anders neben vielen anderen

Dingen. Etwa diese kleinen Wesen, die zwischen den Füßen der Ramtuner wieselten, nur wenige Zentimeter groß. Sie sahen aus wie eine Pyramide, die aus bunten Ringen gestapelt war, auf zwei dürren Beinchen, ohne Arme und mit winzigen schwarzen Augen. Benjamin hielt die eng beieinander liegenden Punkte zumindest für Augen.

„Nein, das sind keine Augen", lächelte Alina, die seinen Blick bemerkt hatte. „Das sind winzige Antennen, ungemein wichtig für die Memions."

„Memions? Was sind das denn schon wieder für Typen?"

„Diese kleinen Kerle sind sehr wichtig für unser Leben hier unten, sie übermitteln Nachrichten und Gedanken. Ohne sie könnten wir nicht über längere Strecken miteinander kommunizieren, wüssten die Preise nicht, die die Händler aufrufen, wüssten nicht, was unsere Regierung plant und so weiter, verstehst du?"

Benjamin nickte. „Also so wichtig wie bei uns Fernsehen, Radio, Internet und Telefon."

„Kenne ich nicht", bemerkte Alina achselzuckend, „sind sicher nicht so zuverlässig wie unsere Memions."

Sie gingen weiter, das Treiben um sie herum wurde immer lebhafter, die Händler riefen lauter und lauter, um ihre Waren anzupreisen. Die Ramtuner prüften die Stoffe und Lebensmittel, feilschten, zankten und zahlten schließlich mit etwas, das mit dem irdischen Geld Ähnlichkeit hatte.

„Ist hier immer so viel los?", wollte Benjamin wissen.

„Wir haben jeden Tag Markt, bis auf jeden fünften, da herrscht Ruhe. Aber heute sind mehr Ramtuner auf den Beinen als üblich, heute ist Gerichtstag, das lockt die Leute an."

„Gerichtstag? Worum geht es da?"

„Heute steht ein Ramtuner vor Gericht, der einen anderen umgebracht haben soll. Die Verhandlung geht gleich los. Da vorne, auf dem Platz in der Mitte des Ortes."

Die Bewohner drängelten und schoben sich, jeder wollte den besten Platz, um das Geschehen zu verfolgen. Benjamin war zu klein, um den Platz zu sehen. Er versuchte, zwischen den Beinen vor ihm hindurchzuschauen, aber er konnte nur eine Bühne erkennen.

„Es entscheiden immer drei Ramtuner, die für jede Verhandlung ausgelost werden. Die hören sich an, was der Angeklagte zu sagen hat, beraten sich und entscheiden dann", erklärte Alina.

„Was für eine Strafe hat der Mann zu befürchten?"

„Das ist unterschiedlich, je nachdem, was dem Angeklagten vorgeworfen wird. Wenn zwei einen Streit haben und das Gericht nicht entscheiden kann, müssen sie häufig miteinander kämpfen, bis einer am Boden liegt."

„Und bei Mord?"

„Die härteste Strafe, die das Gericht verhängen kann, ist die Verbannung an die Oberfläche. Eine grausame Strafe. Viele überleben sie nicht lange oder werden vom Gesang der Werraner wahnsinnig."

Benjamin sah, wie Alina eine Gänsehaut bekam. „War das schon immer so? Ich meine, wie ihr lebt."

„Keine Ahnung", antwortete seine Begleiterin gleichgültig, „wir haben zwar dieses Haus, in dem einige alte Sachen ausgestellt sind. Aber wir interessieren uns nicht für die Vergangenheit, wir leben einfach."

„Macht ihr euch keine Gedanken um die Zukunft?", hakte Benjamin nach, „ihr müsst doch wissen, was ihr bald machen wollt. Oder in ein paar Jahren, die Zeit vergeht doch so schnell."

„Was vergeht?" Alina schaute ihn verständnislos an. „Und wozu sollen wir das machen? Es passiert eben so, wie es passiert, oder ist das bei euch anders?"

Benjamin dachte einen Augenblick nach. „Na ja, wir nehmen uns Sachen vor, die wir später machen wollen, was wir arbeiten, welche Ausbildung oder wohin wir in den Ferien fahren wollen.

Alina schüttelte den Kopf. „Wir leben einfach, uns gefällt es so, wir genießen jeden Tag."

„Außer, ihr werdet vor Gericht gestellt." Benjamin konnte durch die Beine sehen, wie ein Mann zu der Bühne geführt wird.

„Komm mit." Alina zupfte an seinem Ärmel. „Lass uns lieber etwas spielen."

Sie liefen zu einer Wiese am Rande des Ortes, wo seine Begleitung hinter einem braunen Busch verschwand und mit einem Ball wiederkam.

„Super, ihr habt ja Bälle hier unten", freute sich Benjamin und krempelte die Ärmel hoch. „Weißt du, was Fußball ist?"

Alina schüttelte den Kopf.

„Ich zeige es dir." Benjamin spielte ihr den Ball zu, den Alina geschickt annahm und ihn zu ihm zurückspielte.

„Das spielen wir hier auch, nennt sich nur anders", lachte sie und lief los. Sie spielten, bis sie aus der Puste waren und sich erschöpft auf die Wiese fallen ließen.

„Das war lustig", hechelte Alina.

„Ja." Benjamin brauchte noch eine Pause, bevor er weitersprechen konnte. „Hat Spaß gemacht."

Sie blieben eine Weile liegen und sprachen nicht. Erst, als sich Alina erhob, lud sie ihn ein.

„Ich habe eine kleine Hütte in der Nähe, nichts Besonderes. Wenn du möchtest, kannst du dort übernachten, eine Decke habe ich noch über", lächelte sie, „und etwas zu essen auch."

Benjamin stand langsam auf und blickte nachdenklich zu Boden.

„Was hast du? Es war doch ein schöner Abend."

„Ich weiß nicht, wie ich meinen Teddy wiederfinden soll. Oder er mich."

„Hm, das ist tatsächlich schwierig. Damit er dich entdecken kann, musst du an die Oberfläche, aber das ist gefährlich und verboten."

Betrübt ging Benjamin neben Alina zurück zum Ort. Schon nach kurzer Zeit hörten sie Schreie, sahen Ramtuner, die aufgeregt durcheinanderliefen, ihnen entgegenkamen. Alina rannte los, Benjamin ihr hinterher.

„Bringt euch in Sicherheit!" Es war ein großer schlanker Mann, der sie mit den Armen wedelnd warnte, während er auf sie zulief. Alina hielt ihn am Ärmel fest, als er an ihr vorbeilaufen wollte.

„Was ist passiert, warum fliehen alle?"

„Werraner sind eingedrungen, ich weiß nicht, wie viele, aber sie jagen uns, wollen uns fressen."

Nach Luft schnappend riss er sich los. „Bringt euch in Sicherheit, schnell!" Er rannte weiter.

„Wo sollen wir denn hin?" Ängstlich blickte er zu Alina.

Energisch stieß sie ihn nach vorn. „Lauf los, zu den Lianen, wo wir hergekommen sind. Und wenn du auf einen Werraner triffst, lauf schneller."

Benjamin rannte wie der Teufel zwischen den Ramtunern hindurch, die ihnen entgegenkamen. Geschickt wich er ihnen aus, so wie Alina, die an seiner Seite blieb. Fast hatten sie es geschafft, nur noch hundert Meter, als von links ein echsenartiges Wesen auf sie zuschoss. Benjamin lief noch schneller, seine Lungen brannten, aber der Werraner würde ihn einholen, gleich. Er sah bereits die zischelnde Zunge, nur drei, vier Meter neben ihm, und die Werraner konnten verdammt schnell laufen. Panisch schlug er einen weiteren Haken, als er einen fürchterlichen, grollenden und durchdringenden Schrei hörte.

„Ein Jäger", schrie Alina, die als erste den Lianenvorhang erreichte. Benjamin sprang ihr hinterher, seine Begleiterin fing ihn auf und hielt ihn fest.

„Da haben wir verdammt großes Glück gehabt", keuchte sie atemlos.

Benjamin sah zurück, ein Mann in blauer Kleidung kämpfte mit dem Werraner, er hielt eine Art Spieß in den Händen, mit dem er wieder und wieder auf das Untier einstach.

„Los, lass uns nach oben, wenn die Werraner hier unten sind, sind wir dort sicherer."

Gemeinsam liefen sie gebückt den Tunnel hinauf bis zu der Klappe, die offenstand.

„Vielleicht ist es passiert, als der Verurteilte nach oben gebracht wurde", rätselte Alina, bevor sie vorsichtig ihre Köpfe aus dem Loch im Boden steckten. „Nichts zu sehen und zu hören", sagte sie und stieg aus dem Tunnel.

„Ich kann überhaupt nichts erkennen, es ist ja stockdunkel, nur diese komischen Glühwürmchen."

„Ich sehe alles ganz deutlich vor mir, und auch die anderen Mitbewohner, die im Gras krabbeln, höre ich laut und klar."

Benjamin hörte und sah gar nichts. „Offensichtlich könnt ihr wesentlich besser hören und sehen als wir Menschen", wunderte er sich. Er sah, wie Alina den Kopf in den Nacken legte und die Augen schloss und er freute sich darauf, sie tanzen zu sehen. Als sie ihre ersten Schritte machten, schwebte er bereits im dunklen Nachthimmel.

„Wo kommst du denn so plötzlich her?", freute er sich, als er seinen Teddy sah.

„Ich habe dich die ganze Zeit gesucht, was ist das für ein verdammter Schutzschirm da unter der Erde?", grummelte der, als sie hinaus ins Weltall schossen. „Ich kann doch sonst alles sehen."

„Keine Ahnung, wie der funktioniert. Aber können wir nicht noch einmal zurück? Alina ist noch auf der Oberfläche und ganz allein", bettelte Benjamin.

„Mach dir keine Sorgen, ihre Zeit ist noch nicht gekommen, Benjamin. Übrigens werde ich dich zukünftig öfter mal alleine lassen müsse, es ist einfach zu viel los im Universum, bitte entschuldige."

Benjamin war über diese Nachricht gar nicht froh. „Ich dachte, wir wollten gemeinsam etwas erleben, immer beisammen sein und Spaß haben."

„Das werden wir auch wieder, Benjamin, ist ja nur für einen Moment", entschuldigte sich sein pelziger Begleiter. „Es hat eine Verschiebung gegeben in Raum und Zeit, das hat etwas Chaos verursacht, aber das regle ich schon. Wo möchtest du als Nächstes hin?"

"Keine Ahnung, ich kenne mich hier doch nicht aus. Aber wenn du so beschäftigt bist, wäre ein Planet in der Nähe ganz praktisch, oder?"

„Oh Benjamin", grummelte der Teddy dankbar, „das ist lieb von dir, dass du so viel Rücksicht nimmst. Und jetzt fällt es mir ein, in der Nähe ist ein ganz besonderer Himmelskörper, der Käseplanet, da geht es drunter und drüber!"

„Ich mag aber keinen Käse", schmollte Benjamin.

„Auch nicht auf Pizza?", lächelte sein Freund und zwinkerte ihm zu.

„Das ist was Anderes." Benjamin zog die Mundwinkel nach unten und verschränkte die Arme. „Das ist Belag, kein Käse."

„Du musst da unten auch gar keinen Käse essen, Benjamin. Den gibt es da gar nicht, so viel ich weiß. Der Planet heißt so, weil er löchrig ist wie ein Käse. Los, komm mit."

Der Teddy nahm seine Hand und in Windeseile näherten sie sich einem großen Ball, auf den sein Begleiter zusteuerte.

„Stimmt, der sieht gar nicht aus wie ein Käse, gar nicht flach und gelb. Warum ist der denn so grau?" Benjamin war etwas mulmig zumute, als sie näher kamen. Es staubte, als sie mit den Füßen auf der Oberfläche landeten, und es gab ein dumpfes Geräusch. „So richtig gemütlich ist es hier aber nicht. Hier ist ja alles grau, mal mehr, mal weniger. Wer wohnt denn hier?" Benjamins Stimme zitterte leicht und er drückte die Pfote seines großen Freundes etwas fester.

„Du brauchst wirklich keine Angst haben, Benjamin. Im Gegenteil, ich bin sicher, du wirst hier eine Menge erleben, und ich bin immer in deiner Nähe. Schau dich einfach um, bis bald, mein Freund! Ich habe übrigens noch ein Buch gefunden, das lasse ich dir hier."

Wieder wirbelte Staub auf, als sein pelziger Freund am Himmel verschwand. Aber welcher Himmel? Der bestand nur aus einem helleren Grau als der Rest des Planeten. Hier sollte er viel erleben? Es war doch weit und breit niemand zu sehen, keine Berge, keine Flüsse, kein Grün, nichts, gar nichts, nur dieses Grau, das ihm jetzt schon auf die Nerven ging. Benjamin sah auf den Boden. Auf dem Grau lag das Buch, das ihm sein Freund dagelassen hatte, es war ganz weiß. Benjamin setzte sich im Schneidersitz auf den Boden, nahm das Buch, schlug es auf und begann zu lesen. Geschrieben worden war es von einem Sol Stein, wie in großen Buchstaben auf dem Titel stand. Benjamin lächelte, schließlich wusste er es besser, ein Literaturäffchen hatte es diesem Mann überlassen. Er blätterte die erste Seite auf – und erschrak. Erst jetzt fiel ihm auf, dass er lesen konnte. Er war doch nie auf eine Schule gegangen, dafür war er viel zu jung, als er die Erde verlassen hatte. Warum konnte er also lesen? Das Buch! Es musste dieses abgegriffene dünne Buch gewesen sein, das er bei den Literaturäffchen berührt hatte. Hatte es ihm tatsächlich das Lesen übertragen? Ging das so schnell? Ja, er hatte noch viele andere berührt und gespürt, dass er mit jedem Buch schlauer wurde, mehr gelernt hatte. Es waren so viele gewesen, dass Benjamin gar nicht mehr wusste, welche er berührt hatte. Waren auch Sprachen darunter? Er versuchte, einen englischen Satz zu sprechen, den er im Fernsehen gehört hatte – es klappte! Benjamin konnte Englisch. Und Französisch. Er plapperte munter drauflos, Spanisch und Russisch und Chinesisch und Japanisch und – was war das? Es klang wie ein Steinbruch, ja, er erinnerte sich, auch ein Buch über Klingonisch berührt zu haben. Wer weiß, vielleicht konnte es ihm hier draußen noch nützlich sein, wenn er denn je wieder von diesem Planeten loskam. Oder war ihm all das Wissen bei seinen Reisen mit seinem Teddy einfach so zugeflogen, im Weltall?

Benjamin seufzte, dann stand er auf, setzte einen Fuß vor den anderen und stapfte los, der Boden war teilweise hart wie Stein, manchmal gab er etwas nach. *Wo soll ich denn hin? Hier ist doch nichts!* Benjamin schaute sich um, konnte aber keinen Orientierungspunkt finden. Einen so öden und trostlosen Planeten hatte er in seiner kurzen Karriere als Raumfahrer noch nicht erlebt. Benjamin schaute in den Himmel, als der Boden unter ihm nachgab. Er riss die Arme hoch und schrie, er fiel in ein Loch und rutsche, nach links und rechts, nach oben und wieder nach unten, wie in einer Röhre, die sich windete, nach unten, dann wieder nach oben. Benjamin rutschte und rutschte, wurde schneller, dann wieder langsamer, immer begleitet von einem Licht, so konnte er zumindest ein, zwei Meter vor ihm sehen, aber es ging alles viel zu schnell. Herrje, wie sollte er hier jemals wieder herauskommen? Sein Teddy würde ihn niemals hier unten finden, und er passte auch gar nicht in diese Röhre, dafür war sie viel zu schmal und er zu dick. Benjamin purzelte immer wilder durcheinander, wusste gar nicht mehr, wo oben und unten war, er hatte völlig die Orientierung verloren, und die Fahrt wurde schneller und schneller – bis er mit einem satten „Plumps" auf dem Hosenboden landete. Ihm war ganz schwindelig, er brauchte eine Zeit, bis er sah, wo er gelandet war. Dieses seltsame Licht um ihn herum zeigte ihm eine kleine Höhle, fast kreisrund und natürlich grau. Wo er hergekommen war, konnte er nicht sehen, dazu war es zu duster. Er war eingesperrt, in einer kleinen grauen Höhle und wusste nicht, wie er hier wieder herauskam. Er stöhnte, als er aufstand, und hatte Angst, richtig viel Angst.

„Wo bin ich hier?", flüsterte er vorsichtig.

„Im Paradies", dröhnte eine Stimme. Sie schien von allen Seiten zu kommen.

„Wer bist du?" Benjamin hatte sich so erschrocken, dass er seine Arme um seine Schultern klammerte und spürte, wie er zitterte.

„Ich? Ich bin wichtig, und jetzt mach dir mal nicht ins Hemd, mein kleiner Freund", lachte die Stimme.

Benjamin sah, wie vor ihm ein kleiner heller Punkt erschien. „Kannst du mir helfen, dass ich von hier wegkomme? Zurück an die Oberfläche eures Käseplaneten? Bitte!"

„Käseplanet, pah! Wenn ich das schon höre!", grollte die Stimme aus dem kleinen hellen Punkt wieder. „Wir sind der wichtigste Planet überhaupt, nix mit Käse!"

Benjamin hatte langsam den Verdacht, dass das alle Bewohner von ihren Planeten behaupteten.

„Warum seid ihr denn so wichtig, und wie heißt ihr?"

„Wir heißen ... öhm, ist nicht so wichtig. Aber wir sind der bedeutendste Planet, weil das gesamte Wissen der Menschheit sich hier versammelt. Alles, was jemals gedacht wurde, ist hier, auf dem Planeten des Wissens!" Die Stimme wurde immer lauter, bebte vor Stolz, und das kleine Licht begann zu strahlen.

„Und wie ... wie kommt dieses Wissen hierher?" Benjamin schien es ratsam, neugierig und höflich zu sein.

„Bei uns versammelt sich alles, was jemals intelligente Wesen zu Papier gebracht haben, vom Einkaufszettel bis zu den Dramen der großen Dichter, alles!"

„Nur, wie es hell und freundlich aussehen könnte, mit viel Grün und Bäumen und Tieren, das wisst ihr nicht", gab Benjamin vorsichtig zu bedenken.

„Papperlapapp, natürlich wissen wir das", antwortete die Stimme ärgerlich. „Aber es wäre nicht gut für uns, das viele helle Licht, ruckzuck wären viele dieser Milliarden Papiere auf diesem Planeten ausgebleicht, für immer unleserlich. Von den vielen armen Fax-Nachrichten auf Thermotransferpapier mal ganz zu schweigen, die wären sofort am A ... Nein, das Grau ist genau richtig für uns. Aber sag mal, wie kommst du denn eigentlich her?

Du bist doch nicht aus Papier, oder bist du Esspapier?"

Benjamin spürte, wie das Licht ihn anstupste und erzählte seine Geschichte.

„Ah, der pelzige Zausel mal wieder. Aber jetzt komm mit mir, ich möchte dir einige unserer Bewohner vorstellen, und nachher bringe ich dich wieder nach oben."

Mit der Aussicht, wieder an die Oberfläche zu kommen, ging es Benjamin deutlich besser, und er lächelte das Licht an. „Prima, geh vor, ich komme mit dir!"

„Du musst aber etwas aufpassen, hier sind viele Gänge und Röhren, in die man geraten kann. Manche behaupten, das komme noch von der alten Rohrpost, die viele von uns auf der Erde erlebt haben. Na ja, manche ändern sich nie. Los, auf geht's!"

Benjamin vertraute dem Licht und folgte ihm. Was sollte er auch anders machen? Sie gingen und schwebten eine Weile, als Benjamin eine Stimme hörte, sie wurde lauter und lauter, ging über in ein irres Schreien, wie von einem Wahnsinnigen. Benjamin hielt sich die Ohren zu, dieses entsetzliche Schreien war unerträglich.

„Gar nicht drum kümmern", wisperte ihm das Licht ins Ohr, „das ist nur ein altes Exemplar der *Bild-Zeitung*, harmlos, aber irre. Die ist laut und erzählt nur Mist. Komm weiter!"

„Habt ihr alle eine Stimme?", wollte Benjamin wissen, als das Schreien allmählich leiser wurde.

„Nein, nur wenige von uns haben eine. Ich habe natürlich eine", prahlte das Licht mit vor Stolz geschwellter Brust.

„Aber warum? Und wer bist du eigentlich?"

„Ich, ich bin ein Notizzettel. Nein, nicht irgendeiner", erklärte das Licht mit zitternder Stimme. „Ich bin einer der bedeutendsten Zettel der deutschen Geschichte, auf mir stehen die Worte, die Günter Schabowski, damals, am 9. November 1989, auf der Pressekonferenz der DDR-Führung ..." Seine Stimme versagte. „ ... das trifft nach meiner Kenntnis - ist das sofort, unverzüglich." Die Stimme des Lichts ging endgültig in ein Schluchzen über. Es tat Benjamin leid, auch wenn er nicht wusste, wer dieser Schabowski und diese DDR waren. Scheinbar war das Licht, dieser Notizzettel, wirklich bedeutend.

„Du bist sicher wichtig", tröstete er ihn, „aber warum haben die anderen keine Stimme?"

„Die meisten hier sind Ablage, Archiv", erklärte das Licht und zog die Nase hoch. „Also wichtig, irgendwie schon, aber nicht sooo wichtig ..."

„... wie du", ergänzte Benjamin und freute sich, als das Licht lächelte. „Aber sag mal, was ist das für ein Wispern? Ganz leise, kaum zu hören?"

„Das, mein lieber Freund, ist das Gegenteil der *Bild-Zeitung*, man nennt es Feuilleton. Es ist sehr scheu und leise und traut sich kaum aus der Deckung. Von den meisten wird es schlicht und einfach übersehen, was aber ein Verbrechen ist, es hat sehr viel zu erzählen!"

„Oder wollen die anderen nichts mit ihm zu tun haben, weil es so komisch riecht? So ... irgendwie sauer."

„Nein, nein, das kommt nicht von dem Feuilleton, das stammt bestimmt von ... warte mal, ich muss etwas in den Papieren wühlen."

Erst jetzt, im Schein seines Begleiters, sah Benjamin, dass der gesamte Gang, die Höhle, einfach alles aus Papier bestand, aus Tausenden und Millionen von Zetteln, Seiten, Blättern, Zeitungen, Broschüren und anderen Druckwerken. „Wow, besteht tatsächlich der gesamte Planet aus Papier?"

„Ja, und er wird jeden Tag größer", lächelte das Licht stolz, „wir wachsen immer weiter."

„Gibt es hier auch Bücher? Ich habe noch keines gesehen."

„Pah, diese arroganten Kerle, die sich für das Wissen der Welt halten, haben einen eigenen Planeten, Gott sei Dank."

„Aber du hast doch gesagt, hier wären auch alle Werke der Weltliteratur", wandte Benjamin ein.

„Nur die Aufzeichnungen und die Notizen, keine Bücher. Die Notizen und sonstige Zettel sind viel wichtiger, weil sie eine Entwicklung zeigen, welche Gedanken sich der Schreiber gemacht hat, wie er sich gequält hat, welche Ängste er hatte. Warte mal, ich glaube, ich habe es, hier, das ist es, von ihm geht dieser säuerliche Geruch von Angst und Schweiß aus." Dabei hielt er triumphierend ein paar Blätter hoch.

„Was ist das?"

„Das ist eine alte Klassenarbeit, die riechen meistens so, mal mehr oder weniger. Von denen gibt es hier auch Unmengen." Damit legte er die Seiten wieder zurück. „Ah, und hier, kennst du die noch?" Dabei hielt er ein buntes Heft hoch, auf dem zwei rote Comic-

Figuren zu sehen waren. Benjamin schüttelte den Kopf. „Richtig, dafür bist du zu jung, kennen vielleicht deine Eltern noch, das sind *Fix & Foxi*, zwei schlaue Füchse, die Rolf Kauka ... ach, was rede ich, lange her."

„Darf ich auch mal ein paar Blätter ziehen?"

„Natürlich, mein kleiner Freund, herzlich gern, greif zu!"

Benjamin bückte sich, um im Schein des Lichts, das ihn umgab, einen Zettel aus dem Berg zu ziehen. Er nahm einen besonders grauen und hielt ihn hoch.

„Sag mal, woher kommt eigentlich das Licht um mich herum? Das war in der Röhre auch schon da. Und wie heißt du eigentlich?"

„Das Licht, ja, weiß ich auch nicht so genau, das kommt einfach, wenn man es braucht, hat, glaube ich, irgendetwas mit Erkenntnis zu tun. Und einen Namen habe ich nicht, so weit ich weiß, kannst mich ja einfach Günter nennen. Was hast du da?"

„Keine Ahnung, fühlt sich so merkwürdig an, so kühl."

„Dann ist es irgendein Geschäftsbericht", entschied der helle Punkt verächtlich, „kühl und arrogant, die Dinger, leg ihn wieder weg. Und das da, neben deinem Fuß?"

Benjamin nahm das eng beschriebene Blatt auf und hielt es in die Höhe. „Da ist sogar noch eine kleine Schleife dran, es fühlt sich ganz anders an als der Geschäftsbericht."

„Aaaah, das ist schön", freute sich sein Kumpel, „dann ist es ein Liebesbrief, die sind so warm und hell. Sei vorsichtig mit ihm, die gehen schnell kaputt!"

„Hier ist ein ganzes Heft, eine Zeitschrift. Ich glaube, so eine habe ich schon mal bei Papa gesehen. Iiiih, die ist ja feucht und klebrig!" Mit nur zwei Fingern hielt Benjamin das Heft hoch und verzog dabei den Mund.

„Leg ihn schnell wieder weg, damit versaust du dich nur, das ist ein alter *Playboy*, wirf ihn weg!"

Benjamin wischte sich die Finger an seiner Hose ab, bevor er zu einem weiteren Papier griff. „Kann Papier aus Eis sein? Dieses hier fühlt sich so merkwürdig an."

„Da hast du den übelsten von allen erwischt, die Geißel der Menschheit, das Schicksal von Millionen. Das ist ein Steuerbescheid, sieh ihn dir gut an, den wirst du später auch einmal ... ach nee, du ja nicht mehr, sei froh!"

„Was ist denn jetzt los? Was ist denn mit den Papieren los? Ich glaube, der Boden bebt. Ja, jetzt wieder, und da ist auch so ein merkwürdiges Geräusch in der Luft, was passiert hier?"

„Schmeiß den Steuerbescheid weg, Benjamin, schnell, wir müssen hier verschwinden." Und schon sauste der helle Punkt durch den Gang, Benjamin versuchte, ihm zu folgen und darauf zu achten, wo er hintrat, er hatte keine Lust, wieder durch eine Röhre zu rutschen. Das Licht vor ihm tanzte und flog hin und her, wurde langsamer, dann wieder schneller, immer weiter durch diese graue Röhre. Plötzlich hielt es an, warnte Benjamin mit einem scharfen „Pssst!"

„Was ist denn passiert", flüsterte der, „vor wem fliehen wir denn?"

„Ich? Ich fliehe vor niemanden", flüsterte der helle Punkt entschieden, „ich bin nur vorsichtig. Was wir da gehört haben, das waren Typen, die sich hier unten als die Herrscher des Planeten ausgeben, die Käse-Blätter. Strunzdoof, aber extrem selbstbewusst. Meistens werden sie von Trockenhauben-Gazetten begleitet, vom IQ her ebenfalls nahe am Nullpunkt, und dauernd am Tratschen und Kichern, unerträglich." Langsam setzte sich der helle Punkt wieder in Bewegung. „Ich flieg mal eben vor, warte hier einen Moment." Und schon wurde es ruhig und dunkel um Benjamin. Er war gespannt, was jetzt passieren würde, so viel Leben hatte er auf diesem grauen Planeten gar nicht erwartet.

„Komm mit", hörte er die Stimme seines Begleiters und folgte ihr ins hellere Grau. Er war wieder an der Oberfläche. „Ich war schon lange nicht mehr hier oben, ist etwas gefährlich für mich."

„Warum? Hier gibt es doch keinen Wind und kein Feuer, wovor hast du Angst?"

„Vor nichts und niemandem, begreif das endlich. Aber gelegentlich wird unser Planet von kleinen Steinen und Eisbrocken getroffen, Mini-Meteoriten, und das wäre für einen Zettel wie mich, nun ja ... Unter deinen Füßen sind übrigens alles Kollegen, die das nicht glauben wollten, und jetzt mach's gut. Ich knöpf mir jetzt diese Käse-Blätter vor und sage denen die Wahrheit. Wenn die eines nicht vertragen können, dann ist es die Wahrheit, dann werden die ganz klein, diese bunten aufgeblasenen Marktschreier. Ich sehe da was auf uns zukommen, wiedersehen, bis dann!" Und schwupps, verschwand sein Freund in der grauen Röhre.

„Auf uns zukommen?", wunderte sich Benjamin, als sich eine flauschige Pfote auf seine Schulter legte. „Teddy, da bist du ja wieder!", freute sich Benjamin und umklammerte das Bein seines Freundes. „Wo warst du denn?"

„Ich musste kurz zu dieser Raumstation, die um eure Erde kreist, diese ISS. Auf der ist ein sehr schlauer Astronaut, dieser Alexander Gerst, dem musste ich noch ein paar Sachen sagen, die er auf der Erde weitertragen soll."

„Du meinst, der kennt dich?", wunderte sich Benjamin.

„Nein, nicht direkt. Aber er schaut gerne aus seiner Kanzel in den Weltraum, und dann flüstere ich ihm meine Botschaften zu, verstehst du?"

Benjamin nickte. „Wohin geht es jetzt? Ich möchte noch mehr erfahren, mehr lernen."

„Hm, dann haben wir einen weiten Weg vor uns, aber er wird sich lohnen. Hast du schon einmal vom Grüblerischen Planeten gehört?"

Benjamin schüttelte den Kopf. „Das hört sich aber nicht sehr lustig an, und nach dem vielen Grau hier dürfte es auch ein bisschen mehr Farbe sein."

„Farbe gibt es da genug, und lernen kannst du dort unendlich viel. Auf dem Grüblerischen Planeten wohnen alle wichtigen Philosophen, Denker, Schriftsteller, Dichter und Nobelpreisträger. Allerdings liegt der Planet in einer sehr einsamen Ecke des Universums, die wollen ihre Ruhe haben. Aber ich werde die ganze Zeit bei dir bleiben, was hältst du davon?"

„Super!", freute sich Benjamin und sprang auf und ab, „Lass uns losfliegen, gib mir deine Pfote!"

„Aber du musst ständig an meiner Seite bleiben, Benjamin. Es ist ein weiter Weg, und es lauern einige Gefahren auf uns."

„Gefahren? Für dich?", wunderte sich Benjamin, „ich dachte, du bist hier der Chef."

„Das bin ich auch", empörte sich sein Teddy, „aber leider gibt es hier draußen Gestalten, die halten sich nicht an die Naturgesetze, die biegen Zeit und Raum, wie es ihnen gefällt. Zum Beispiel die schwarzen Löcher, diese hinterhältigen Biester, davon werden uns einige begegnen."

„Und die können dir was anhaben, die sind gefährlich für dich?"

„Nein", lächelte sein Teddy, „ich weiß nur nicht, wo wir rauskommen, wenn wir da reingeraten."

„Was gibt es da draußen sonst noch?", wollte Benjamin wissen.

„Aufpassen müssen wir auf Wurmlöcher, die sind extrem ärgerlich. Ruck, zuck befördern die dich in eine andere Galaxie. Ist jedes Mal ein nerviger und zeitraubender Umweg. Ebenso wie diese Krümmungen im Raum-Zeit-Kontinuum, das ist ..."

„Erzähl mir besser nichts davon", entschied Benjamin, „ich kann mir sowieso nichts drunter vorstellen. Und jetzt lass uns auf die Reise gehen!"

Sein Teddy nahm ihn an die Hand, und sie flogen von Sonnensystem zu Sonnensystem, mal machte sein Begleiter eine Kurve, mal flog er rauf und wieder runter.

„Ich sehe gar keine Sterne mehr, wo sind die hin?", wunderte sich Benjamin nach einer knappen Stunde.

„Das ist nur dunkle Materie, harmlos, die werden deine Leute auf der Erde auch noch erforschen. Vielleicht lasse ich Alexander davon wissen, mal schauen. Vorsicht, da kommt wieder einer dieser Nebel, da fliegen wir besser außen vorbei."

„Also doch Schiss", grinste Benjamin seinen Freund an.

„Auf gar keinen Fall", entrüstete sich der, „aber darin sieht man so schlecht, und zack, trifft dich irgendein Asteroid am Kopf, das gibt dann eine Beule, die tut mindestens eine Woche weh."

„Du hast recht, das brauchen wir nicht. Gibt es auch irgendwelche Außerirdische mit großen Raumschiffen, die böse sind?"

„Außerirdische klingt so komisch, für die seid ihr von der Erde auch welche. Nö, kein Problem, die hab' ich im Griff. Obwohl da schon schräge Gestalten drunter sind, etwa die Brakardischen Brankobarden, die ..."

„Will ich gar nicht wissen, allein der Name klingt nach Brokkoli, und den hasse ich, pfui Teufel!"

„Völlig normal, Benjamin, Brokkoli stammt vom Planeten der Kauzigen Köche, irgendeiner hat den dort geklaut und im Universum wie Unkraut verbreitet. Kein Kind, auf welchem Planeten auch immer, mag den. Selbst bei den Kotzenden Kryptomanen ..."

„Bitte, Teddy-Chef, hör auf. Sind wir bald da?"

„Gleich, mein Freund, siehst du diesen milchigen Punkt da vorn? Das ist weißer Dunst, der umfängt den ganzen Grüblerischen Planeten, weil den Leuten dort ständig der Kopf raucht. Riecht ein bisschen streng, ist aber harmlos. Los, mach dich zur Landung bereit!"

Benjamin schaute sich um, endlich wieder Wiesen, Wälder, Berge und blauer Himmel, herrlich! „Los, lass uns zum nächsten Ort gehen, hier gefällt es mir!"

„Es ist schön hier, was?", lächelte sein Teddy. „Nur Dörfer oder Orte gibt es hier nicht, die leben alle allein in Hütten, mal halbrund, mal wie ein Haus aus Holz, Ton oder Steinen. Nur zusammen stehen die nicht, das sind alles Einsiedler, diese Denker."

„Hörst du das? Dieses leichte Brummen? Woher kommt das?"

„Das kommt vom Grübeln, mein Freund, da wirst du dich schnell dran gewöhnen. Wen soll ich dir als Erstes zeigen?"

„Keine Ahnung, ich bin ja noch ein kleiner Junge, ich kenne gar keine großen Denker. Hast du einen Tipp für mich?"

Sein Teddy lächelte ihn an. „Da du selbst ein kleiner Prinz bist, solltest du auf jeden Fall Antoine de Saint-Exupéry kennenlernen, der hat ein wunderbares Büchlein geschrieben. Er wohnt gleich da vorn."

Sie gingen den Weg entlang, bis sie zu einer Hütte kamen, die aussah wie ein Flugzeug. Benjamin klopfte und wartete, aber es öffnete ihm niemand.

„Ich dachte, die sind so zurückgezogen, ständig in ihrer Schreibstube und denken", sagte er enttäuscht.

„Vielleicht ist es, weil er nie gefunden wurde. Er hat sehr viel geschrieben und wurde berühmt, nicht nur für *Der kleine Prinz*. Er hat noch ganz andere Sachen veröffentlicht und wurde dafür ausgezeichnet.

„Worum geht es in dem kleinen Prinzen?"

„In dieser Geschichte stürzt ein Pilot in der Wüste ab und begegnet einem Jungen, den es von einem Asteroiden auf die Erde verschlagen hat. Es ist ein sehr schönes Buch, du solltest es unbedingt berühren, wenn du es triffst."

„Jetzt haben wir so eine lange Reise gemacht, und der ist nicht zuhause, das ist doch nicht gerecht", grollte Benjamin.

„Das stimmt, da hast du recht, mein kleiner Freund." Sein Teddy streichelte ihm sanft über die Haare. „Aber weißt du, wer ganz viel von Gerechtigkeit versteht? Karl Marx, der wohnt ganz in der Nähe, da vorn, lass uns ihn besuchen."

„Wo ist denn seine Hütte, ich sehe sie nicht." Benjamin hielt sich die rechte Hand über die Augen und spähte in die Richtung, die ihm sein Begleiter gezeigt hatte.

„Nur mit dem Herzen sieht man gut", seufzte der und nahm Benjamin an die Hand. Gemeinsam machten sie sich auf den Weg, bis sie zu einer Hütte kamen, die wie eine Baracke aussah. Vor ihr saß ein alter Mann in einem Schaukelstuhl und schrieb in eine Kladde

„Grüß Gott, Herr Marx! Könnten Sie meinem kleinen Freund etwas über Gerechtigkeit erzählen?"

Der alte Mann nickte, stand auf und ging in die Hütte.

„Der sieht ja aus wie eine explodierte Matratze, überall weiße Haare", gruselte es Benjamin.

„Geh hinein und hör ihm zu, er freut sich, wenn er dir etwas erklären kann, hab' keine Angst." Benjamin folgte dem Mann in die Hütte, und sein Teddy setzte sich auf die steinerne Mauer, die das kleine Grundstück umgab.

Alle vier Sonnen waren bereits untergegangen, als sich die Tür der Baracke öffnete und Benjamin heraustorkelte.

„Benjamin, geht es dir gut?" Besorgt erhob sich der Teddy und ging zu ihm.

„Mein Vater hat mal gesagt, es gibt Leute, die können einen besoffen quasseln. Ich weiß nicht, was besoffen ist, aber mir schwirrt der Kopf, ich weiß gar nicht mehr, wer ich bin und wie spät es ist", fasste er sich an die Stirn.

„Nun, er kann wirklich viel erzählen. Weißt du jetzt, was gerecht ist?"

„Ich glaube, das habe ich schon wieder vergessen. Oder nie gewusst. Oder es ist mir egal. Nein, gerecht ist, dass ich jetzt eine Pause brauche.

„Ja, die Leute, die hier wohnen, sind auf ihre Art etwas anstrengend, aber sie sind sehr schlau. Schiller, Goethe, Habermas, Rousseau, Kant, Machiavelli, Aristoteles ..."

„Wie viele kommen denn noch?", fragte Benjamin erschrocken. „Nein, ich brauche jetzt etwas zur Erholung, zur Entspannung. Aber geht das noch, es wird ja schon dunkel."

„Weißt du eigentlich, wie die Nacht zu uns kam, Benjamin?"

„Die Nacht? Ich dachte, die war schon immer da, so wie der Tag", wunderte sich der müde Benjamin.

„Früher war die Erde dem Himmel sehr nah. Das ärgerte vor allem die Vögel, weil sie nur flach daherfliegen konnten, wollten sie nicht an den Himmel stoßen. Da fassten sie eines Tages den Entschluss, den Himmel höher zu heben. Sie schafften das, uns so kam Licht und Helligkeit über die Erde. Nie mehr wurde es Nacht, und so musste man am Tage schlafen, das passte den Menschen überhaupt nicht.

Eine alte Frau erzählte, sie habe einige große Gefäße entdeckt, in denen es stockdunkel und finster sei. Das sei bestimmt die Nacht, die irgendein Geist dort gefangen halte. Die Menschen baten die Vögel nachzuforschen, ob das stimme. Schließlich hätten sie ja die Nacht verscheucht und deshalb sei es ihre Aufgabe, wieder ein wenig Dunkelheit zu besorgen, damit jeder gut schlafen könne. Also flogen die Vögel zu den hohen Gefäßen und sie hörten Stimmen von Nachttieren in den Gefäßen. Sie stürzten einen Topf um, dass er zerbrach. Dann mussten die Vögel schnell flüchten, denn die Nacht kam mit all' ihren Tieren hinter ihnen her.

Jetzt konnten sie wieder schlafen. Aber die Nacht war noch zu kurz, und so mussten sie auch die anderen Gefäße zerstören. Als sie den letzten Topf zerhackten, kam die Dunkelheit so schnell raus, dass viele Vögel von ihr überholt wurden. Auch eine der Eulen schaffte es nicht mehr, sie flog gegen einen Ast und fiel zu Boden. Seitdem ist sie ein Nachtvogel, und man nennt sie Nachteule.

Jetzt war auch den Menschen die Nacht lang genug, und sie bedankten sich bei den Vögeln für die Dunkelheit, die auch heute noch kommt, wenn der Abend anbricht."

„Tatsächlich?", staunte Benjamin, „Oder willst du mich auf den Arm nehmen?"

„Nun, die Leute in Indien erzählen es sich so", schmunzelte sein Teddy. „Möchtest du noch hierbleiben oder sollen wir weiterziehen?"

Benjamin überlegte einen Moment. „Aufregung hatte ich jetzt genug, Werraner, die mich fressen wollen brauche ich in der nächsten Zeit nicht. Wie wäre es mit einem Planeten, auf dem es spannend zugeht, oder lustig, was meinst du?"

„Oder spannend und lustig? Lass mich einen Moment nachdenken ... Ja, da bist du auf dem Lachenden Literra genau richtig! Komm mit, es ist nicht weit."

Und ehe Benjamin auch nur fragen konnte, was für ein Planet das sei, passierten sie auch schon die blauen Wolken und landeten auf einer grünen Wiese.

„Bis auf diese Wolken sieht es hier aus wie auf der Erde", staunte Benjamin.

„Na ja, ein paar Unterschiede gibt es schon, aber das wirst du bald selbst herausfinden. Es ist lustig hier und ungefährlich. War es zumindest immer", schob sein Teddy hinterher, als er an die wilden Werraner dachte. „Siehst du die Hügel dahinten? Da wohnen die Brummenden Bücher, es gibt jede Menge zu entdecken für dich. Und jetzt muss ich noch einmal schnell los, ein, zwei Welten retten. Bis später, Benjamin!"

So schnell wie sie auf dem Planeten gelandet waren, so schnell war sein Begleiter auch schon wieder verschwunden. Benjamin schaute sich um. Es sah tatsächlich aus wie auf der Erde, Wiesen, Bäume und Büsche, ein kleiner Teich in der Nähe, sogar Vögel hörte er. Vor ihm lag ein Weg, eher ein Trampelpfad, der scheinbar zu den Hügeln führte. Benjamin holte tief Luft und ging los. Etwas mulmig war ihm schon zumute, wer wohnte hier wohl? Und waren die tatsächlich so friedlich wie sein Teddy sagte? Egal, er würde schon heil aus der Sache rauskommen, irgendwie. Und mit viel Glück noch spannende Geschichten erleben. Seine Ängstlichkeit blieb hinter ihm zurück, und pfeifend näherte sich Benjamin den Hügeln. Sie waren mit Wald bewachsen, aber zwischen den Bäumen konnte er eine Siedlung erkennen. Merkwürdig, die Häuser sahen so anders aus als auf der Erde, genau konnte er sie noch nicht erkennen. Sie hatten keine spitzen Dächer, das sah er bereits. Angestrengt blickte er auf die Siedlung, als er plötzlich an seiner Seite eine Stimme hörte. Benjamin erschrak heftig und zuckte herum. Er konnte nicht glauben, was er sah, vor ihm stand ein Buch. Ein großes braunes Buch, so groß wie er, mit einem kunstvollen Einband aus altem dunklen Leder und goldenen Seiten, die in der Sonne funkelten.

„Wo kommst du denn her?", wollte es neugierig wissen. „Jemanden wie dich habe ich bei uns noch nie gesehen."

Das Buch ging neben ihm her. Benjamin sah an ihm herunter und entdeckte zwei kurze und sehr dünne Beine mit Füßen, wie sie auf der Erde Vögel hatten. Einen Mund sah er nicht, auch bewegte sich der Buchdeckel beim Sprechen nicht.

„Ich ... ich komme von ganz weit her", begann er stotternd, „jemand hat mich hergebracht, wahrscheinlich bleibe ich nicht lange." Benjamin hielt es für besser, sich als kurzfristigen Gast auszugeben.

„Du siehst so merkwürdig aus, so blass", brabbelte das Buch. „Und was sind das für merkwürdige Tentakel an deinen Seiten?"

„Na ja, ich habe auch noch nie ein Buch auf Beinen gesehen. Noch dazu ein so großes. Seht ihr hier alle so aus?"

„Wir haben schon Unterschiede."

Benjamin hörte den Stolz in der Stimme. Kam sie aus dem Bauch? Aus den Seiten, mittendrin? Es musste so sein, aber auch sie bewegten sich nicht.

„Es gibt kleine und große, dünne und dicke, dumme und sehr schlaue, wir sind sehr, sehr vielseitig, im wahrsten Sinne des Wortes", lächelte das Buch ohne Mund. „Komm mit in unsere Bibliothek, dort wohnen wir und du kannst sie alle kennenlernen."

Plötzlich fiel Benjamin ein, woran ihn die Häuser erinnerten, es waren Regale. Je näher sie dem Ort kamen, desto deutlicher sah er sie. Die meisten bestanden aus dunklem braunen Holz, es gab kleine und auch welche, die höher als das Haus seiner Eltern waren. Die Regale waren in mehrere Etagen unterteilt, diese wiederum in Fächer, für mehrere Bücher, in manchen hielten sich nur ein oder zwei auf. Über Leitern stiegen die bunten Bücher rauf und runter, flink und wirr durcheinander, es war ein Gewusel, das Benjamin der Kopf kreiste.

„Was sagtest du doch, woher du kommst?", fragte ihn sein Begleiter nachdenklich.

„Tja, woher komme ich? Ich bin mir im Moment selbst nicht so sicher, aber ursprünglich bin ich von der Erde, aus einem kleinen Ort in Deutschland, Iserlohn. Schon mal davon gehört?"

Sein Begleiter schien einen Moment nachzudenken. „Ich glaube, *Erde* habe ich schon einmal gehört. Kann sein, dass ein Buch des großen Lexikons davon gesprochen hat. Los, lass es uns suchen", entschied er und stapfte auf seinen kurzen Beinchen los. „Wer hat das *E* gesehen?", rief es laut in die quirlige Runde, die sich auf dem Platz in der Mitte der Siedlung bewegte.

Benjamin sah verwirrt, wie die vielen Bücher, kleine, große, in allen Farben rastlos durcheinander gingen, eilig, als würden sie Angst haben, etwas zu verpassen. Und über der großen Menge der Bücher lag ein gleichmäßiger, tiefer Brummton, der sich wie eine Decke über den Platz und den Ort legte.

„Woher ... woher kommt dieser Ton?", fragte er sein Buch, das ihm vorauseilte.

„Welcher Ton? Ich höre nichts."

„Bleib doch mal stehen!" Benjamin rupfte an dem ledernen Einband, es fühlte sich alt und etwas feucht an. Und blieb tatsächlich stehen, inmitten der Hektik um sie herum. Es schien, als würde sein Buch den Kopf zum Himmel neigen und lauschen, schweigend.

„Ja, jetzt höre ich es auch wieder, dieses Brummen. Weißt du, nach so vielen Jahren habe ich mich daran gewöhnt, dass höre ich schon gar nicht mehr", entschuldigte es sich lächelnd und schwang verlegen seine Seiten.

„Dieser Ton kommt von uns, das entsteht beim ständigen Nachdenken. Wir sind extrem neugierig und nachdenklich, weißt du", als wollte er Benjamins nächste Frage vorwegnehmen, „deshalb auch diese Hektik um uns herum, die ich ebenfalls nicht mehr sehe. Wir sind ständig in Bewegung, unruhig, um mehr zu wissen, zu erfahren, Neues in uns aufnehmen, zu verarbeiten und damit unsere unbeschriebenen Seiten zu füllen, damit wir es weitergeben können."

Benjamin nickte. „Ich verstehe. Aber woher kommt dieses Wissen? Wie bekommt ihr neue Gedanken und Ideen? Ich meine, ihr seid doch hier ziemlich abgeschottet oder irre ich mich? Antennen, Computer oder Kabel habe ich noch keine gesehen."

Das große dunkle Buch lachte und krümmte seine Buchdeckel. „Du kleiner dummer Besucher! Ich weiß nicht, was Kabel und Antennen sind und wie sie aussehen, aber bisher sind wir ganz gut ohne ausgekommen. Wir tauschen unser Wissen und Ideen untereinander aus, daraus entsteht Neues und aus diesem Neuen wieder Neues, es hört nie auf, verstehst du?"

Benjamin nickte. „Aber wenn ihr ständig Neues erschafft, braucht ihr doch auch neue Bücher, viele Bücher. Wo kommen die denn her?"

„Die liefert uns der Wald." Benjamin schien es, als würde er einen erhobenen Zeigefinger vor sich sehen. „Ja, die Bäume sind unsere Freunde und sie machen immer wieder neue Bücher, fix und fertig. Mit vielen Seiten und mit wenigen, großen und kleinen, genug Platz für neue Geschichten und Romane."

„Das ist ja klasse", freute sich Benjamin und hüpfte von einem Bein aufs andere. „Aber es sind so unglaublich viele, wie kann ich die denn alle lesen? Das dauert doch Jahrhunderte, das schaffe ich nie. Und außerdem kann ich noch gar nicht lesen."

Das große dunkle Buch vor ihm lächelte milde. „Du musst sie auch nicht lesen. Frag einfach ein Buch, ob du vorsichtig deine Hand auf es legen darfst. Und da Bücher eitel sind, wird keines deine Bitte ablehnen und sich geschmeichelt fühlen, du wirst sehen. Geh einfach los. Und ich suche in der Zeit das *E*, damit ich etwas über diese Erde erfahre."

Benjamin nickte und sah noch, wie sein Buch in der quirligen Menge verschwand. Welches dieser vielen Bücher sollte er auswählen? Und wie sollte er es ansprechen? Er traute sich kaum, die Bücher anzuschauen, die um ihn herumliefen. Sollte er für den Anfang ein kleines nehmen oder doch lieber ein buntes?

„Kann ich dir helfen? Du siehst aus, als wüsstest du nicht, was du machen willst."

Ein kleines, dünnes und grünes Buch hatte sich von der Seite genähert. Es sah zu ihm auf und hatte eine angenehme weibliche Stimme, es schien ihm wirklich helfen zu wollen. Benjamin war sichtlich erleichtert. „Ich bin froh, dass du mich ansprichst, ich bin nämlich neu hier und habe noch nie ein Buch angesprochen."

Das kleine grüne Buch sah ihn freundlich an. „Das ist schön, dass ich dir helfen kann, und das ist auch meine Aufgabe, ich bin nämlich ein Ratgeber. Leg einfach deine Hand auf meinen Buchdeckel."

Vorsichtig berührte Benjamin mit den Fingern das Buch. Es fühlte sich warm und freundlich an, so, als würde es auf ihn warten. Benjamin schloss die Augen und legte seine Hand ganz auf das Buch. Sofort spürte er, wie das Wissen des Buches in ihn floss, es dauerte nur wenige Minuten, bis er alles über den Umgang mit der chilenischen Krickente wusste. Er öffnete die Augen und nahm seine Hand vom Buchdeckel.

„Danke, das war wirklich unglaublich", lächelte er das zufriedene Buch an. „Aber wie kann ich erkennen, welchen Inhalt ein Buch hat?" Nicht, dass ihn die chilenische Krickente nicht interessieren würde.

„Sammele so viel Wissen und Geschichten, wie du kannst, Benjamin, sei neugierig auf jedes Buch, das dir begegnet, es macht dich reicher."

Nachdenklich nickte Benjamin und beschloss, einfach auf das nächste Buch zuzugehen und es anzusprechen. Sein Ratgeber hatte recht, er sammelte Wissen und Geschichten, Fragen und Antworten, Ideen und Anregungen, Ängste und Lösungen, erlebte Abenteuer und Reisen, er ging von einem Buch zum anderen, legte seine Hand auf kleine und große Buchdeckel, dunkle und bunte, glatte und kunstvolle, warme und kalte, aber keines der Bücher wies ihn ab. Wie berauscht bewegte er sich im Taumel der Bücher, bis er sich schließlich erschöpft setzte. Es war so unglaublich viel, was er erlebt und erfahren hatte, er wollte, er musste es weitergeben, an so viele Leute wie möglich. Aber wie? Da spürte er die warme Pfote seines Teddys auf seinem Haar. Er sah lächelnd zu ihm hinauf. „Danke, dass du mich hergebracht hast, es war unglaublich."

Sein Begleiter nickte freundlich. „Und jetzt müssen wir überlegen, wie du dein ganzes Wissen und die vielen Geschichten erzählen kannst, denn das willst du doch."

Benjamin nickte nachdenklich. „Ja, am liebsten möchte ich zurück zu meiner Familie und ihnen alles erzählen." Ihm fiel die Begegnung mit dem weisen Mann auf dem Planeten der Weisen Wesen ein. Hatte der nicht gesagt, dass er in seinem Ideen-Archiv etwas gefunden hatte? Sein Teddy nickte, so als könne er Gedanken lesen.

„Du selbst kannst nicht zurückkehren, aber ich habe diese Idee der beseelten Dinge noch im Kopf. Weißt du, Menschen, die sich von der Erde verabschiedet haben, können in Dinge schlüpfen und sie so mit Leben erfüllen, Dinge, die auch deren Liebsten gehören und so können sie auf sie aufpassen." Er lächelte und streichelte Benjamin mit seiner weichen großen Tatze über den Kopf.

„Du meinst ..."

Am gleichen Tag ging Benjamins Schwester Tanja in ein Geschäft für Spielwaren und Geschenke. Sie wollte ihren Eltern eine Freude machen, weil die so oft traurig waren und weinten, wenn sie an Benjamin dachten, mehr noch als sie.

Sie stellte sich auf die Zehenspitzen und streckte sich nach einem hellbraunen Teddy, der ihr besonders gefiel. Sie nahm ihn aus dem Regal, hielt ihn in der Hand und schaute ihn an. Flauschige Ohren, ein warmes Lächeln, große liebe Augen und ein dicker, weicher Bauch. Ja, der würde ihren Eltern gefallen, der würde auf sie aufpassen.

Ende